真夜中のウラノメトリア

神田澪

KADOKAWA

はじめに

『真夜中のウラノメトリア』は誰でも短い時間で楽しめる、画期的な短編小説集です。
主な特徴を三点紹介します。

①一ページに一編の物語を載せています。
②どのページから読んでも構いません。
③通しで読むと、壮大な冒険譚になります。

長文を読むのが苦手な方、忙しくて時間がない方でも楽しめる本を作れないかと考え、この形式を採用しました。まずはぜひ、それぞれの物語を「短編小説」としてお楽しみください。一通り読み終えると「長編小説」を読み終えた後の充実感を味わえるはずです。

また本書にはもう一つ大きな特徴があります。
それは、それぞれの物語が全て140字ぴったりであるということです。

著者である私、神田澪はこれまでTwitterで千編以上の「140字の物語」を投稿してきました。

なぜ140字で書くかというと、日本語版Twitterは文字数の上限が140字になっているからです（2023年3月現在）。

短い言葉で表現するという点で「140字の物語」は俳句や短歌と似ています。ですが、Twitterで投稿する際はシステム側で文字数が制限されるので、字足らずはあっても字余りは決してない、というのが「140字の物語」の特性と言えるでしょう。

難しいことはさておき、本書を手に取ったら、まずは好きなページをパッと開いてみてください。

『真夜中のウラノメトリア』は不思議な冒険の物語です。

主人公の少年は、寂れた「灰色の町」から七つの星を巡る旅に出ます。旅先で起こる小さな物語が積み重なり、やがてそれが大冒険になっていく様子を、本を読むことで一緒に体験しましょう。

神田澪

もくじ

5＊愛の星

ブックデザイン　藤塚尚子（etokumi）
イラスト　橋賢亀
校正　鷗来堂
DTP　エヴリ・シンク
編集　伊藤瞳

プロローグ

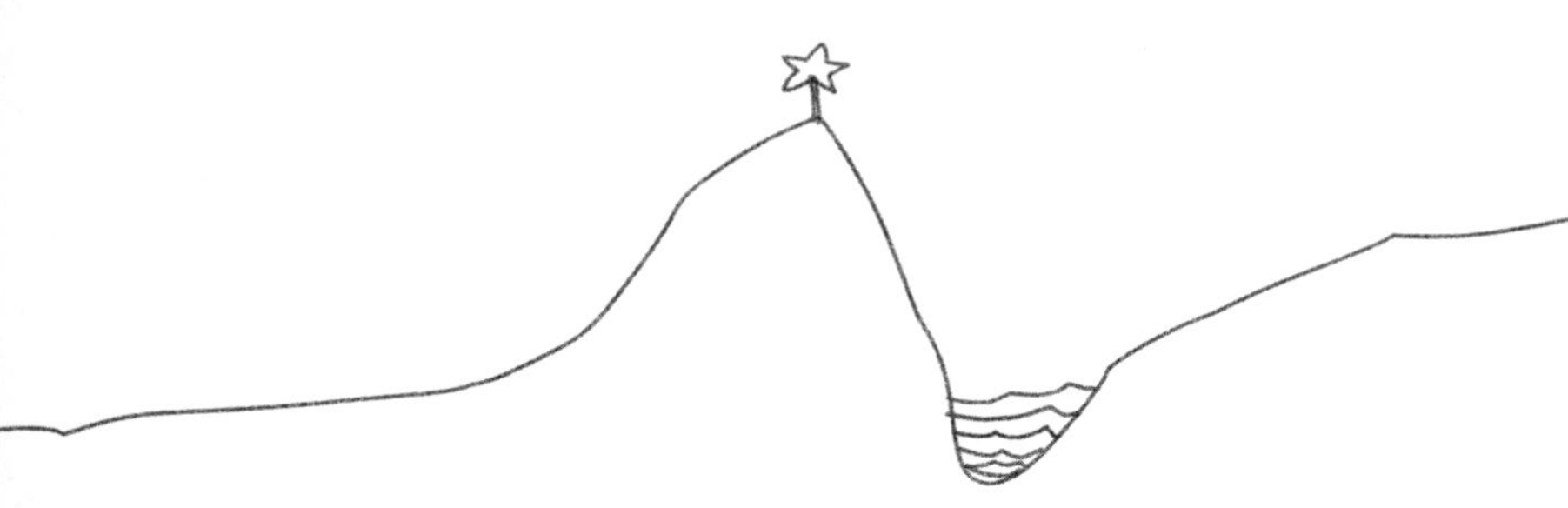

『世界に一つしかない宝物を、灯台の下に埋めた』
その一文は、
父さんが残した手記の最後のページに書かれていた。
宝物？　初めて知る話だ。
ふと、手記に挟まっていた写真がひらりと床に落ちた。
雲に届きそうなほど高い灯台が写っている。
裏にはメモがあった。
『天使の星で最も高い灯台だ。探してみろよ』

この町は緩やかに死んでいく。
少しずつ、けれど確実に町は貧しくなっていく。
ずっと前は景気がよく活気に満ちていたらしい。
大人は「昔はよかった」と言うけれど、
僕はその昔を知らない。
寂れた商店街のあちこちに
『豊かな町を復活させよう』という張り紙が見える。
思い出だけが灰色の町を飾っていた。

灰色の町

「誰かを助ける人になるんだよ」
生前、母さんは僕にそう言って聞かせた。
身体は弱いが芯の強い人だった。
ある朝のこと。
空腹のまま勤め先の工場への道を急いだ。
途中、楽しげな歌が聞こえた。
近くの学校から響く生徒の歌声だった。
貧しく、学校にも通えない僕のことは、
一体誰が助けてくれるのだろう。

働いていた工場が潰れた。
明日からどうしようか、とぼんやり考える。
僕は不思議と悲しいとは思わなかった。
心の奥底にやりたいことがあったからだ。
リュックを背負って玄関の扉を開ける。
飼い犬のルクは、
当然といった様子で僕の後ろをついてきた。
夜空に月が見える。
僕は宝探しの旅に出ることにした。

僕は生まれ育った町を出る。
ここから遠く離れた場所にある天使の星を目指して。
父さんは昔、六つの星を経由して
天使の星へ辿り着いたそうだ。
要した期間は半年。
何度も危ない目に遭ったらしいが、
手記からは日々楽しげな様子が伝わってくる。
僕の旅は一年かかるだろう。
父さんの旅は、片道だったから。

1 ✶ 秘密の星

似た者同士

故郷を去る前、入院中の叔母さんに会いに行った。
叔母さんは「そう、旅に」と呟いた後、
僕に古いカメラを渡した。
「あげるわ。だから時々、手紙と写真をちょうだい。
兄さんはちっともくれなかったの」
いつもの笑顔だった。
僕にはまだ早いと止められるかと思ったのに。
「私も旅に憧れた。きっと遺伝よ」

星間列車

僕は生まれて初めて星間列車に乗った。
星間列車は流れ星のように空を駆け、
星と星を繋ぐ。
「お茶はティーカップか袋入りでお渡しできますが、
いかがいたしましょう」
列車の乗務員は僕にそう聞いてきた。
「え？　まあティーカップで」
しばらく経つと列車は大気圏を突破し、
お茶は球体になって宙に浮いた。

「よい旅を。ああ、それから」

入星（にゅうこく）審査官は僕にパスポートを返しながら言った。

「この星から出るためには、
星民（こくみん）の秘密を十個集める必要があります」

妙な星だ。出星（しゅっこく）時、集めた十個の秘密を審査官に伝えなければいけないらしい。

「なぜ秘密集めをする必要が？」

審査官はフフと笑った。

「それは秘密です」

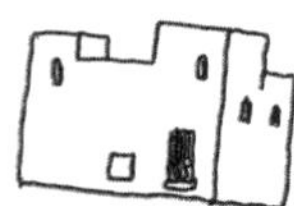

秘密の星の街並みは独特だ。
どの建物も高い塀で囲まれている。何かを隠すように。
かつての旅人の手記にもこう書かれている。
『星民(こくみん)は誰もが秘密主義で、
そう簡単には心を開かない。面倒臭い星だぜ』
息が苦しくなりそうな街の中で、
秘密という言葉さえ知らなそうな
幼い子どもだけが無邪気に笑っていた。

塀だらけの街

叔母さんへ。
秘密の星の写真を送るね。
街は壁や塀ばかりで、住む人は皆何かを隠しているみたいだ。
それなのにこの星を出るには
秘密を暴かないといけないのが規則らしいよ。
僕はこの星に住む人に少し同情するよ。
秘密を暴かれるのは嫌だろうね。
まだ子どもの僕にだって、
秘密にしたいことはあるからね。

一見さんお断り

僕は途方に暮れた。

どの店にも入り口に『一見さんお断り』と書かれている。

旅館にも商店にも。これでは食事すらできない。

その時、見知らぬ老婦人に声をかけられた。

「旅人さん、お困りでしょう。どこか紹介しますよ」

よかった。親切な人もいるらしい。

老婦人は微笑んだ。

「紹介料は高くつきますがね」

空腹には慣れている。
だが、普段は元気な飼い犬のルクが
しょんぼりと僕の手を舐めているのを見ると胸が痛む。
僕は公園で食べられる草を探してルクに食べさせた。
それから疲れたせいか眠くなり、ベンチに横になった。
目を覚ますとルクと目が合った。
僕の側には摘んできた草がちょうど半分残されていた。

ふわふわしっぽの家族

「その子にあげる。お腹減ってそうだもの」

三つ編みの少女は、僕が連れている犬を指差して言った。

「あ、ありがとう！」

よそ者に厳しいこの星にも、犬好きはいるようだ。

犬だけでも空腹から抜けられそうでよかった。

餌が入っていた袋の底には菓子パンがあり『犬には毒よ』

というメモが添えられていた。

底の一つは君に

この星では旅人は嫌われる。

星民（こくみん）の秘密を集めないと出星（しゅっこく）できないため、
無理に秘密を暴こうとする者が多いからだ。

だがパン屋で働く少女は僕にも普通に接してくれた。

愛想良くはないが、冷たくもない。

「旅人が怖くないの？」

少女はパンを紙袋に詰めながら答えた。

「ええ。私、秘密なんて一つもないし」

隠したいものはない

パン屋で働く少女と友人になった。

他の店員は彼女のことをラクタと呼んでいる。

「ラクタ」

僕に呼びかけられた彼女はパチパチと瞬きをした。

「私？」

「うん。君の名前だよね？」

彼女はいいえと言った。

「それはあだ名よ。バカ正直って意味」

慌てて謝る僕を見て彼女は笑った。

「褒め言葉だと思ってるわ」

友人の名前

解放

ある山には朽ちない木があり、
真冬には珍しい青い実が生る。
青い実を食べた人間はあらゆる病から解放されるらしい。
私は必死にその実を探した。
病がもたらす激痛に苦しむ母が実を欲したから。
ついに見つけてきた青い実を見て、
母は助かるよと微笑んだ。
ひと翳りした翌日、母は安らかに息を引き取った。

金持ちの旅人を見かけた。
取り巻きを引き連れ、
黄金の首輪をはめた馬に乗って移動している。
旅先でのトラブルは常に金の力で解決しているらしい。
ある時、野宿の旅をしている僕に
「仲間にしてやろうか」と声をかけてきたが断った。
見知らぬ土地で不便な思いをすることが、
僕は案外、嫌いじゃないのだ。

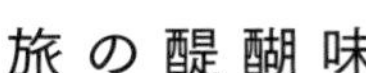

旅の醍醐味

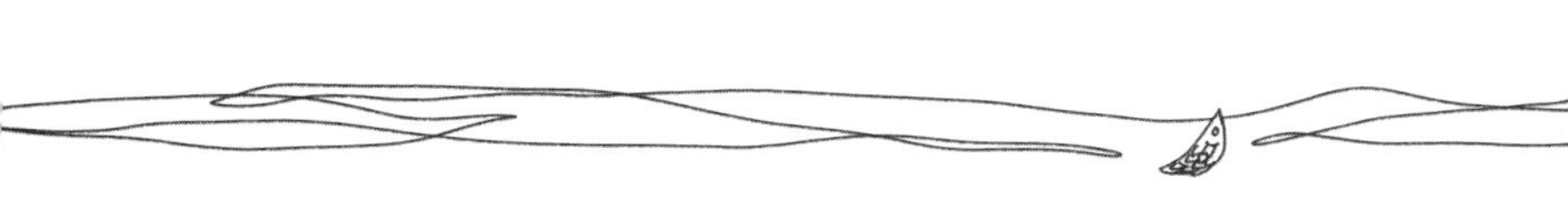

「俺の秘密を教えてあげようか」

見知らぬ少年に声をかけられた。

目も髪も黒く、背丈は僕と同じくらいだ。

「本当に？」

「ああ。人を刺し殺したんだ。それも十人さ」

少年は悪戯っぽい笑みを向けた。

僕はため息をつく。

「冗談はやめてよ。普通の人だったら、
そんな秘密を自分から教えるはずがないでしょ」

普通の人だったら

七光り

芸能人の娘に生まれたせいで誰にも評価されない。

歌や踊りがうまければ「親譲りの才能」。

仕事で注目されれば「親の七光りで」と非難される。

あたしの踊りを初めて純粋に褒めてくれたのは旅の人だった。

あたしの親を知らないらしい。

「君は何者なの？」

「秘密よ」

秘密と言えることが無性に嬉しかった。

普通に暮らしたい、と母はよく陰鬱な顔つきで言う。
母はえらく幸運で、えらく不幸な人だ。
祖母の勧めで出た歌の大会で優勝。
それからとんとん拍子で世界的歌姫になった。
ただ残念なことに、母は目立つのが大嫌いな性分だった。
引退しても衆目からは逃れられない。
母はただ、歌が好きだっただけなのに。

引っ込み思案な歌姫

「あたしの母親さ、すごい有名人なんだ。
あんたは知らないみたいだけど」
踊りの上手な少女は言った。憂いを帯びた目で。
「世界中の人が母親のこと、忘れてくれればいいのにな……」
その後、新聞で彼女の写真を見かけた。
名前を知りたかったのに、
どこを読んでも世界的歌姫の娘としか書いていなかった。

肩書きばかり

金持ちになってから、
媚を売ってくる女が増えた。
僕の事業が傾けばすぐ離れるくせに。
妻は違ったから結婚した。
うまくいかない時も支えてくれた。
だから妻には広い家でいい暮らしをさせている。
僕を愛していないことは知っているが、
後に成功するための失敗ならば許容する、
妻の賢さを気に入っている。

許すのも打算のうち

婚活は投資だ。
真の市場価値を見極められない者は後で泣きを見る。
実はケチ、家事ができない、浮気された、などなど。
だが早計は禁物。
株価にも人生にも浮き沈みがある。
私は事業に失敗した婚約者を根気強く支えた。
彼の才能と更なる飛躍を見込んで。
投資に成功した私は、誌面で理想の妻と称えられた。

配当

幻の城

秘密の星から出るには人の秘密を集める必要がある。

僕は図書館でため息をついた。

「嫌だなあ、秘密を暴くなんて」

側にいた友人は「そう?」と言い僕に一冊の絵本を手渡した。

「わくわくする秘密だってあるわ」

この星のどこかにある幻の城についての絵本。

星外（こくがい）出身の作者はノンフィクション作家だった。

ノンフィクション

年老いた作家の家を訪れた。
狭いが街を見渡せるいい立地の家だ。
「ノンフィクション作家のあなたが、
なぜ最後にファンタジーを書いたんですか」
僕は聞いた。
彼の著書の中で、夢物語のような絵本『まぼろしの城』だけが異質なのだ。
作家は答えた。
「ワシは生涯ノンフィクションしか書いたことがないよ」

僕と父さんはよく似ているらしい。

旅の途中「あいつの息子か」とよく声をかけられる。

続く台詞は大抵、こうだ。

「金返せ！」

「宝を返せ！」

ハチャメチャだった父さんのせいで、
僕はいつも追い回されている。

でも父さんが悪人だとは言い切れない。

時々「あいつの息子か」と嬉しそうに笑う人もいるのだ。

父さんの功罪

前を歩いていた人が何かを落とした。

拾い上げると、それは金の時計だった。

「これ、落としましたよ」

僕の声に振り向いたのは前髪の長い女だった。

「ほう、いい子だね。

拾った瞬間、黙って売れば高値で売れると閃いたのに」

「僕の頭の中が分かるの？」

女はニイと口角を持ち上げた。

「私は魔女だからの」

僕と友人はこの星のどこかにあるという幻の城を探している。
城の入り口は金色の帳の向こうにあり、
不規則に開閉を繰り返しているのだと本で読んだ。
僕の話を聞いた前髪の長い女はくくっと笑う。
「入り口はここじゃ」
女の指先が金糸のような自身の前髪をかき分けた。
すると、瞳の中に赤い古城が見えた。

金色の帳の向こう

気づけば、崩れかかった古城の中にいた。

僕は怖くてたまらないが、一緒についてきた友人は
「隠された財宝でも見つかるかしら」と
興味津々な様子で奥へ進んでいく。

「見つかった財宝はどうやって山分けする？」

質問を投げると友人は歩みを止めた。

「調理器具以外はあげるわ」

全部僕のものになりそうだ。

実用主義

玉座の前に剣が刺さっていた。
怖いもの知らずの友人が抜こうとするが、
びくともしない。
「どんな勇者も抜けなかったそうよ。
あなたもやってみたら？」
友人に背を押され、仕方なく剣の柄を握る。
「な、なんか怖いなあ……」
その瞬間、剣はあっさり抜けた。
刀身には『臆病者の剣』と文字が刻まれていた。

どんな勇者にも抜けない剣

『臆病者の剣』と銘打たれた古い剣を手に入れた。
刀身は折れており、ナイフほどの長さしかない。
私は友人に剣を差し出して言った。
「これじゃ果物くらいしか切れないし、
あなたにあげるわ」
彼は持ち主にふさわしいと思う。
怖がりな彼は壊れた剣を見て、
これなら大したものは切れないねと安心していた。

臆病者

三度振るえば星が傾く

腕利きの鍛冶屋は、後に伝説となる剣を作り上げた。
三度振るえば星が傾くと評された名剣だ。
その威力を最も恐れたのは作り手である鍛冶屋だった。
「大星（だいこく）ではなく小さな命を守る剣になってほしい」
鍛冶屋は魔法使いを呼び、剣に強力な魔法をかけさせた。
争いを恐れる臆病者だけがその剣を握れるように。

動く石像に襲われた。
こちらの武器は折れた剣しかなく、明らかに不利だ。
「幻の城にあった剣なんだから、実はすごく切れるんじゃない？
とりあえず戦わないと死ぬわよ」
友人である少女に急かされ、剣を振り下ろした。
剣士でない僕の腕では石像にかすりもしない。
代わりに遠くの山の頂上が二つに割れた。

本当の威力

怖がりの友人

私の友人はとても臆病だ。

古城の窓がカタッと風に揺れただけで悲鳴を上げている。

そんな彼が私を庇って怪我をした。

矢が刺さった右足に血が滲んでいる。

「怖がりのくせにバカね」

「君が怪我をする方が怖いと思ったんだ」

思わぬ言葉に頬が熱くなる。

「そしたら僕一人で探索しないといけないじゃないか」

城の地下には隠し扉があった。
扉を開いた先にあったのは図書室。
一歩入ると机の上の本がひとりでに喋り始めた。
「ここは真実の図書室。表舞台から消された書物が集まるところさ」
古書もあれば、僕でも読める真新しい本もあった。
本の中では、政府が秘密裏に人を殺している
可能性について書かれていた。

真実の図書室

今年は災害の多い一年だった。
秘密の星の住人達は呑気にしているが、
記者である私は密かに怪しんでいた。
本当は政府の仕業ではないのか。
何しろ反政府組織のある街ばかり被害に遭っているのだ。
私は証拠を掴めなかったが、予想は当たりだと確信した。
ある夜、何者かが私のこめかみに銃口を当てた時に。

狙われることが証拠

城の図書室で落とし物の手帳を見つけた。
記者の持ち物だったのか、取材の記録が残っている。
最後には走り書きがあった。
「この手帳を他の星に持ち出せば、悪人が捕まるかもしれない。
だが人の恨みを買うだろう。
恨まれる覚悟を持てる者だけが所有できるように魔法をかけた」
手帳は手の中で灰になった。

恨まれる覚悟

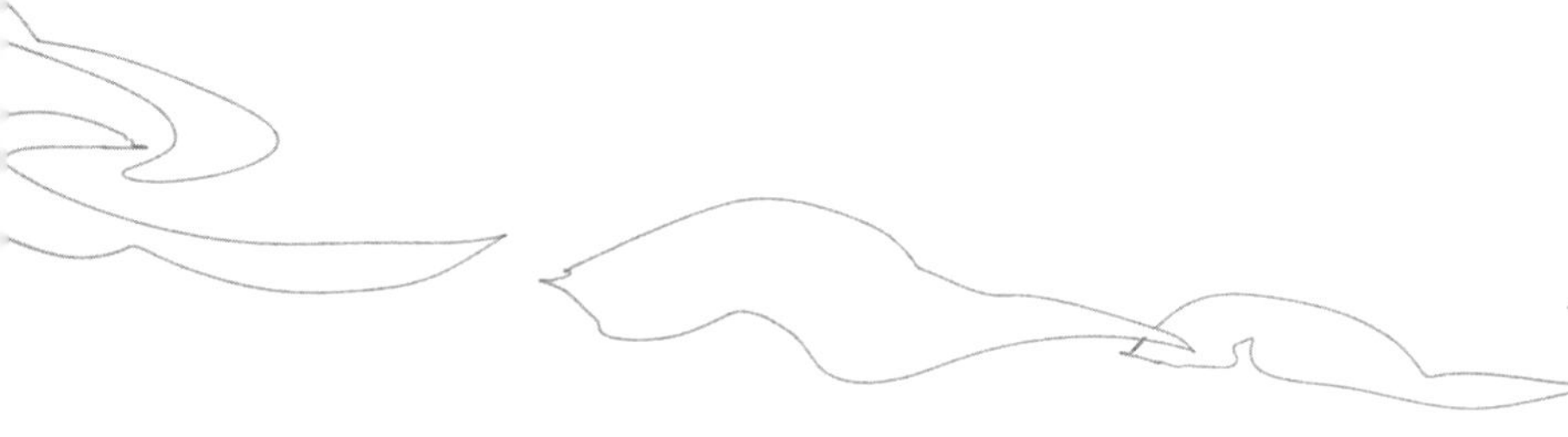

官僚の私には悔いていることが一つある。
以前、辺境の村で伝染病が発生した。
特効薬はない。
その上、土着神（どちゃくしん）を崇める村人達は
「神の意志に従う」と政府の調査を拒んだ。
他の村に広がる前に、
我々政府は村ごと人々を消して病原菌の根絶を図った。
それ以降、政府は不穏分子を容易に抹殺するようになった。

手の中のカード

知ってはいけない秘密

秘密の星では星民（こくみん）の秘密を集めなければ出星（しゅっこく）できない。
変な規則だとずっと思っていた。
「旅の者よ。検問を避けてこの星を去れ」
僕を幻の城に案内した女は言った。
有無を言わさぬ口調で。
「出星する時、偽りなく秘密を喋る魔法をかけられる。
城の場所を知る者を見つけ出し、旅人もろとも始末するために」

「秘密の星で君みたいな人に出会うとは思わなかった」

旅人の少年は言った。

確かに私は星民の中でも浮いている。

誰もが秘密を抱えるこの星で、
私だけがバカ正直になんでも話す。

だって秘密なんてないし。

「変わり者で悪いわね」

少年はいや、と首を振った。

「君に会えてよかった、って言いたかったんだ」

初めての友人

人は皆、秘密を抱えて生きているらしい。
私には一つもなかったけれど。
十五歳の春のこと。
旅路を急ぐ友人を駅で見送った。
私が何か言いたげな顔をしていたからだろう。
「どうかした?」
友人は心配そうな顔で尋ねた。
私は生まれて初めて「秘密」という言葉を口にした。
あなたが好き、と告げる代わりに。

初恋

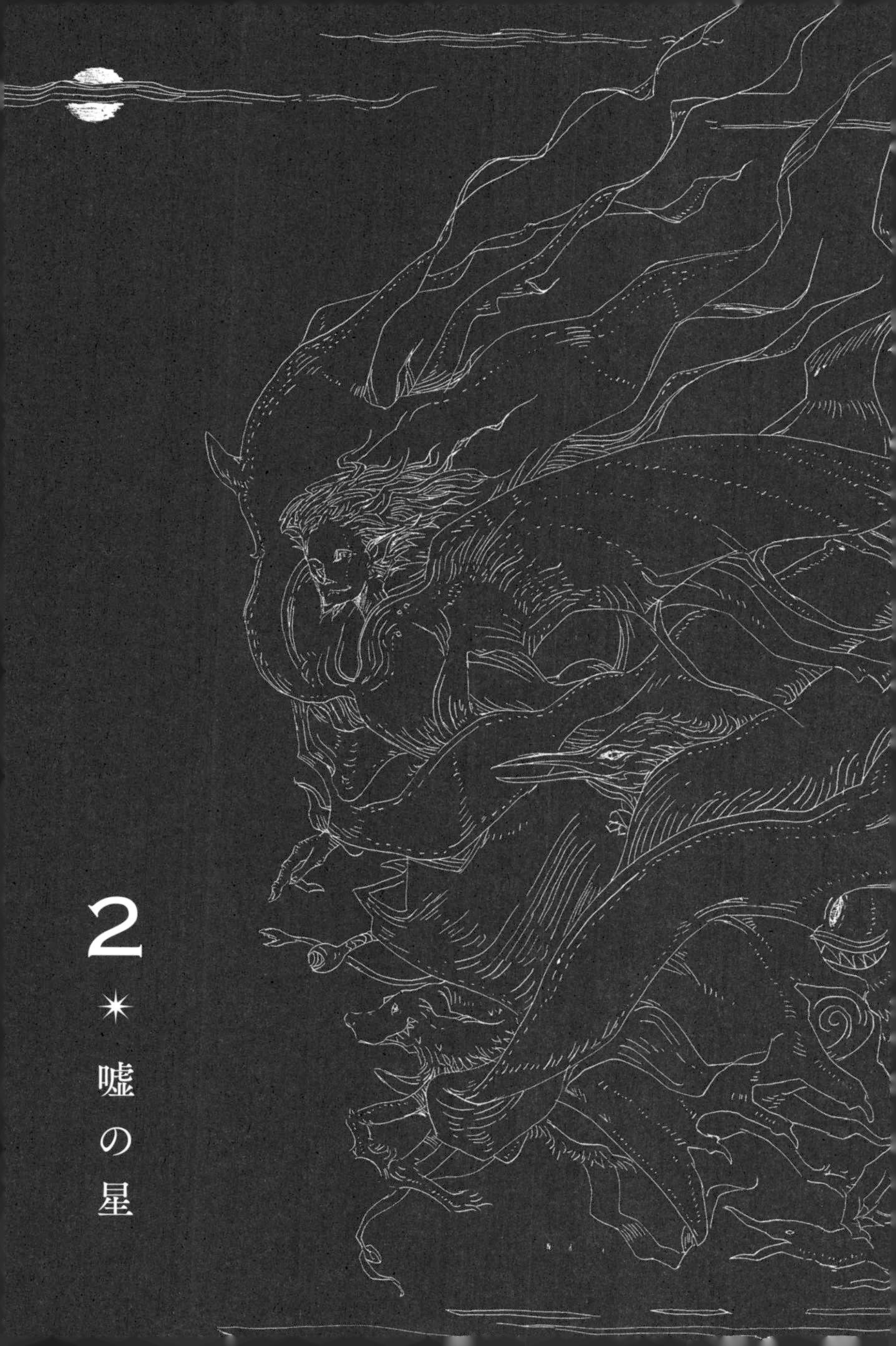

2 ✴ 嘘の星

霧の街

嘘の星には年中霧が立ち込めている。
月に数回、綺麗に霧が晴れる日もあるが、
その日は室内で過ごす人が多いらしい。
せっかくいい天気なのに。
かつてこの地を旅した父さんの手記には
『この星の人間は本心を隠す。
でも表情に出ちまうことは多いからな。
はっきり見えるのも困るんだとよ』と書かれていた。

嘘の星には変わった文化がある。

この星では、本心は伏せ、嘘をつく方が上品だと言われている。

「この宿屋で働く代わりに、しばらく泊めてほしいんだ」

旅の途中、僕は宿屋の主人にそう頼んだ。

宿屋の主人は渋い顔で言う。

「お前さんみたいな子どもが役に立つかねえ」

渋い顔のまま掃除用具を渡してきた。

嘘つきな人々

本音を隠す文化のある星を訪れた。
芸術家の多い星らしい。
街を散策していると路上で弦楽器を演奏している人を見かけた。
演奏後、僕は「素敵な演奏でした」と拍手を送った。
しかし相手は悲しげに目を伏せた。
近くにいた婦人が僕に囁く。
「あんた、この星でそれは、
うるさいからヨソでやれって意味だよ」

褒め言葉

お得な殺人

法律が厳しいことで知られる、ある地方があった。
一人でも殺せば必ず死刑になる。
どんな悲しい理由があったとしても。
そんな場所で、十人もの人々を無差別に殺した若者がいた。
弁護士は若者に聞いた。なぜ十人も殺したのかと。
若者は答えた。
「だって一人殺せば死刑ってことは、
十人の方がお得でしょ」

世間は俺の出自に興味があるらしい。
殺人鬼がどのように生まれたのか知りたいようだ。
勾留所なのに何度も取材の申し込みを受けた。
親は、兄弟は、と。
それで、暇だったから何度か取材を受けた。
今、俺の発言が世間を騒がせているらしい。
ごく普通の、何の問題もない家庭で育ったことが分かったからだ。

普通に潜む狂気

医者の嘘

足の怪我を診てもらうため病院に行った。

「大丈夫ですよ。大した怪我じゃありません」

医師はにこりと笑みを浮かべた。

怪我を見せる前から
笑顔を向けているタイプの医師だった。

「すぐに治りますか?」

「ええ。大丈夫ですよ。大丈夫ですからね」

僕は不安に襲われた。

この星では、本音を隠す風習がある。

大切な友人へ。
僕は今、嘘の星にある病院に来ているよ。
この病院はすごく怖い。
待合室で知り合った人が記憶喪失でね、
自分の家への帰り道さえ忘れてしまったんだって。
いや、それだけならいいんだ。悲しいけど怖くはない。
何が怖いって、十人いたその待合室で、
僕以外の患者全員が記憶喪失だったんだ。

旅で出会った友人への手紙

嘘をつかない職業

嘘の星では、日が落ちたら外に出てはいけない。

夕刻、警官は強い口調でそう言った。

「本当に？」

「本当だ。夜は吸血鬼が出る。帰りなさい」

誰もが嘘をつくこの星で、
そんな話を信用できるだろうか。

しかし父さんが遺した旅の手記にはこう書かれていた。

『嘘の星ではな、医者と警官だけが嘘をつかない』

見えない花火

ここでは夜に吸血鬼が出るそうだ。
だから住民は夜に外を歩けないし、
カーテンを開けることもできない。
ただ、それ以外は普通に見えた。
「ねぇお兄ちゃん、他の星から来たんでしょ？
花火って見たことある？」
この地で暮らす少女は買い物中の僕に尋ねた。
彼女にとって花火は銃声のような怖いものらしい。

幼馴染のことが好きだったのに、
何度もくだらない嘘をついた。

「恋愛対象じゃないって」

「腐れ縁だよ」

そのせいか、次第に距離ができた。

十年後に再会した時、幼馴染にこう打ち明けた。

「あの頃素直になれてたら、今頃違ったかもな」

幼馴染は笑った。

「違わないよ。嘘だって気づいてた。幼馴染だもん」

幼馴染の恋

病院の廊下で鉢植えを抱えている少女にぶつかった。

三歳くらいだろうか。

鉢植えの植物は運よく無事だった。

「それ、育ててるの?」

少女は答えた。

「うん。これが花を咲かせることがあれば、お母さんの病気も治るかもって。先生が言ってたの」

僕は口をつぐんだ。

目の前にあるのは、花が咲かない植物だ。

占い師は意外と出張することが多い。

だが、隔離病棟に呼ばれたのは初めてだ。

「妻を占ってほしいんです。治る見込みがあれば、生きる気になるかもしれない……」

依頼主の妻は余命宣告を受け、毎日死ぬことばかり考えているそうだ。

「いい未来が来ますよ」

私はそう告げた。

嘘をつけない医師の代わりに。

占い師の仕事

病気を治す魔法

病院で変わった人に話しかけられた。

「君さ、旅をしているんだって？　魔法の星に行く予定ってある？」

背は僕より少し高い。

その人はヘルメットを被り、宇宙服のようなものを着ていた。

僕は行くよ、と答えた。

「マジ⁉　じゃあオレの病気を治す魔法があるか調べてきてよ」

頼むよ、と続いた声は震えていた。

本当の旅

「オレも本当の旅がしたいよ」

通院中に仲良くなった少年は言った。

窓のない病室の中。

彼は僕と同い年で、底抜けに明るい性格をしている。

周りに我儘を言わない彼の、唯一の願いが旅に出ることだ。

「うん。いつか、一緒に……」

言葉に詰まる。僕は看護師から、
彼は日光に当たると倒れてしまうと聞いた。

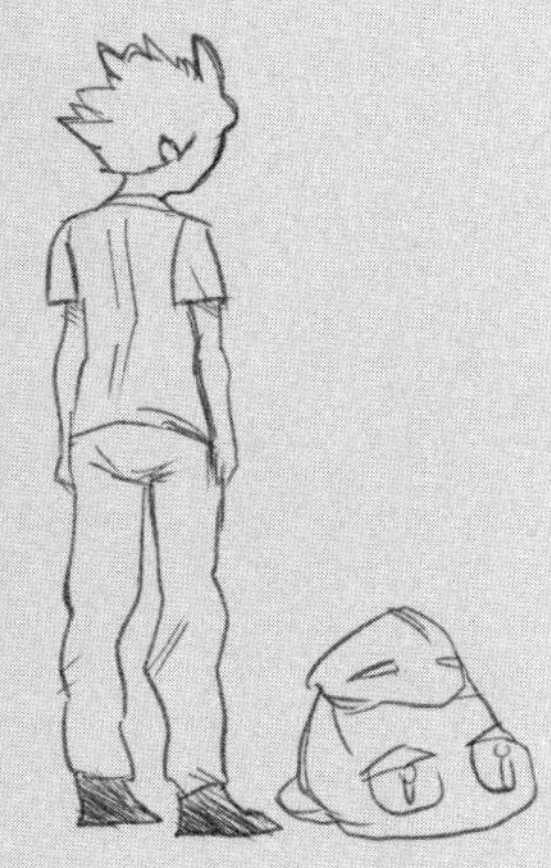

死んだように生きていた。
ただ貧乏な身の上を嘆きながら働いて、働いて、
夜空の星も見ないで。
世界一不幸なのは僕だとさえ思えた。
「君が羨ましいぜ」
病気で太陽の下に出られない友人は眩しそうに僕を見た。
彼の夢は旅に出ること。
慰めより救済が必要だと知る僕は、
なんと答えていいか分からなかった。

見えない幸福

母さんは正直な人だったが、
息子である僕に一つだけ嘘をついていた。
旅先で亡くなった父さんについてだ。
「もうじき帰ってくるわ」
僕の誕生日が来るたびにそう言っていた。
死の知らせは受けていたはずなのに。
思い出すと胸が痛む。
あの頃、ずっと僕の側にいてくれた母さんは、
いつ泣いていたのだろう。

嘘の星の動物達

旅のパートナーである犬のルクは動き回るのが大好きだ。

それで人に迷惑をかけることもあるけれど、
嘘の星でルクは大人気だった。

道で吠えてもぶつかっても喜ばれるほど。

「犬さん聞いて。最近嫌なことあってさ」

「あー仕事だるい」

人前で本心を言わない星民（こくみん）達は、
動物の前でだけ本音を語れるみたいだ。

親友が結婚する。
真面目で優しい自慢の親友だ。
嘘つきで軽薄な俺とは大違い。
花嫁になる彼女とは二年交際していて、
その間に何度も相談を受けた。
自分は彼女のパートナーにふさわしいのかどうかと。
俺は「二人はお似合いだ」と励まし続けた。
正装した親友の背を押す。
二年前、彼女と別れて正解だった。

自慢の親友

旅先で訪れた貧しい村で強盗が多発していた。

僕も被害に遭ったが、どうにか犯人を捕まえた。

聖職者の娘だった。

「君の両親に頼まれて盗んだの？」

少女は答えた。

「違う。悪いことなんかできない人達よ」

「ならどうして」

その目から涙が溢れた。

「だから私がやるしかないじゃない。飢えて死にたくない」

誠実さの皺寄せ

俺の相棒は仕事ができない。
警察官だがミスばかりで、
追い詰めたはずの犯人をいつも逃してしまう。
けれど憎めない性格で、
同僚は皆ドジな相棒に心を開いていた。
俺だってそうだ。
そんな相棒が、急に姿を消した。
相棒の行方を追った俺は意図せずヤツの正体を知った。
ヤツはすこぶる優秀なスパイだった。

相棒の仕事

畑ばかりの田舎で育った。
お節介な人間が多く、人のやることにすぐ首をつっこんでくる。
散歩しただけで
あちこちから声をかけられるのも面倒だった。
だから大人になって都会へ出た。
都会では誰も声をかけてこない。
道の真ん中で、僕が病の発作で倒れても。
大嫌いな故郷の街並みが、ひどく懐かしかった。

鬱陶しかった田舎

夜に吸血鬼が出るぞ、とこの街の警官は言った。
だから僕も夕方には宿に戻るよう気をつけていた。
けれどある時、僕は道に迷った。
空には月が浮かび、周囲はすっかり暗い。
僕が暗闇の中に見たのは、吸血鬼ではなかった。
闇市だ。
だが怪しげな薬を中毒者達に笑顔で売り捌く商人の姿は、
まるで怪物だった。

吸血鬼騒動

黒服のおじさん

闇市で黒服のおじさんに首根っこを掴まれた。

「おいガキ。お前客じゃないな？　カメラなんかぶら下げて」

顎の下に銃口を当てられ僕は震え上がる。

おじさんは周りに、コイツ処分してくる、
と言い僕を外に連れ出した。

「闇市を見た一般人は消される」

おじさんは銃を下ろした。

「だから二度とここに来るな」

この街では「夜は吸血鬼が出る」と噂されている。
警官ですらそう言う。
しかし実際には吸血鬼なんかいなかった。
闇市の存在を一般人に隠すための嘘だったのだ。
「警官も嘘をつくなんて」
闇市にいたおじさんは僕の呟きを鼻で笑った。
「警官は嘘をつかないってのは昔の話だ。
マフィアに買収される前のな」

警官は嘘をつかない

忘れた方が幸せ

俺は急に記憶喪失になった。
ここ十年の記憶が全くない。
君の部屋だと言われて案内されたアパートの一室にも見覚えがなく、変な感じだ。
ふと机の上に手紙が置かれていることに気づいた。
『お前は忘れることを望んだ』とだけ書いてある。
部屋の中は酒の空き瓶だらけ。
手紙の筆跡は間違いなく俺のものだ。

彼が記憶喪失になった。
警官から聞いた話では、仕事のストレスから違法薬物に手を出し、
その副作用でここ十年の記憶を失くしたらしい。
彼の家には私に宛てた手紙が残されていた。
『別れてほしい。俺には何も残らない』
私は彼のお見舞いに行った。
全て忘れた彼には、
本来の優しい性格だけが残っていた。

記憶のない恋人

闇市に迷い込んだ僕を黒服のおじさんが助けてくれた。

彼以外の人が最初に僕を見つけていたら、
間違いなく殺されていただろう。

「俺の仲間が何人かお前の顔を見た。

この星を離れた方がいい」おじさんは言った。

「どうして僕を助けたの？」

おじさんの答えは驚くほど単純だった。

「お前が子どもだからだ」

大人の仕事

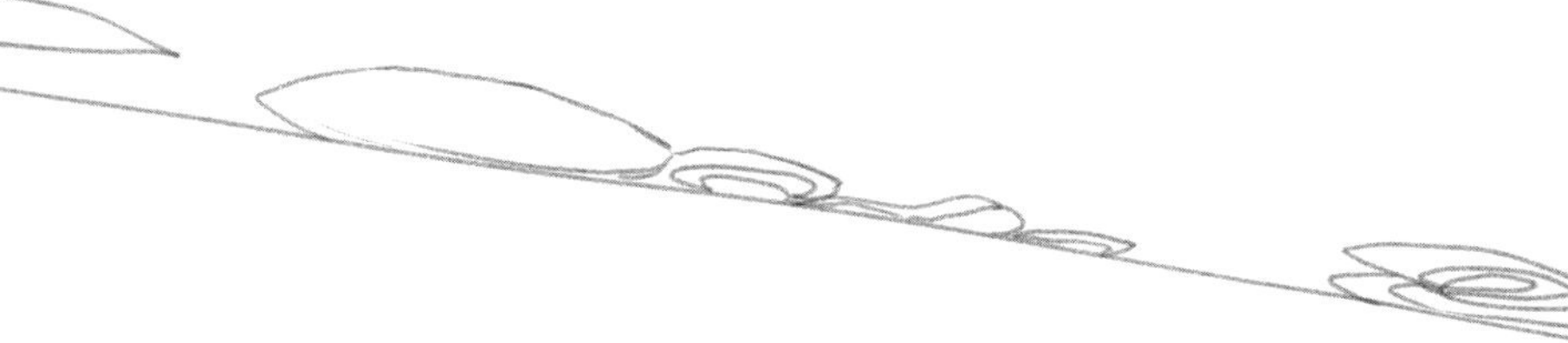

「お前はこれを持って隣の星に逃げろ。

そして新聞社のポストにでも入れておけ」

黒服のおじさんは僕にそう言った。

渡されたファイルの中には、
この星の闇の部分が証拠とともに纏めてあるらしい。

「おじさんは大丈夫なの」

「平気だ。逃げるのは得意さ」

僕は不安だった。

この星の人はいつも嘘をつくから。

最後の嘘

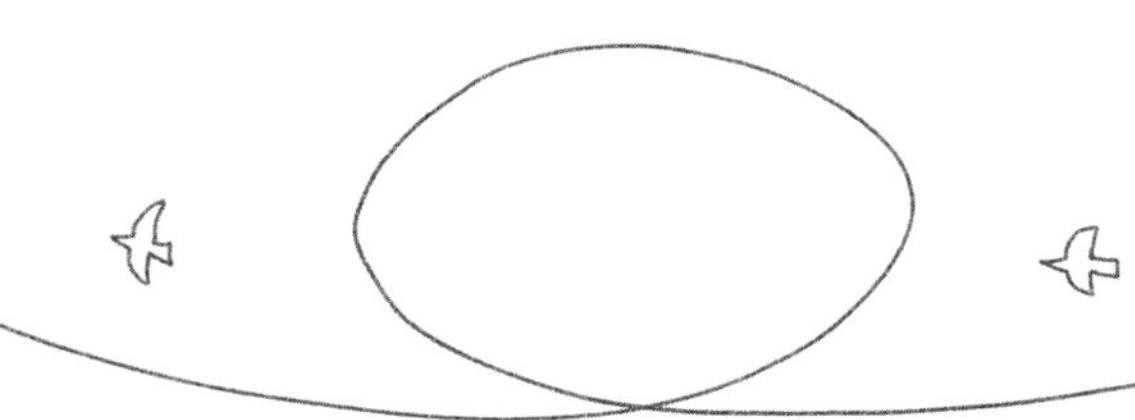

教訓の向こう側

「嘘をつくのは悪いことよ」

母さんのそんな教えをずっと信じてきた。

「このファイルを君に渡した人の顔は分かるかい」

新聞記者は僕に聞いた。

頷けばファイルの持ち主は捕まるだろう。

彼は裏社会の人だから。

僕は顔を見てない、と嘘をついた。

恩人の幸せを願って。

何が悪いことなのかは、僕が決めたい。

この星は腐っている。
どの警官も俺達マフィアに買収されている。
いや、一人だけ例外がいた。
何度買収を持ちかけても乗らなかった、
クソ真面目で面倒臭い熱血漢が。
自分の死期を悟った時、
俺は敵であるクソ真面目な警官に
「妻を頼む」と手紙を書いた。
この星でヤツより信用できる人間を、俺は知らない。

君だけは裏切らない

夜は外に出てはいけない。
カーテンを開けてもいけない。
吸血鬼に見つかってしまうから。
それが嘘の星の決まりごとだった。
しかしある年、吸血鬼騒動に立ち向かう人が現れた。
吸血鬼がどう倒されたのかは誰も知らない。
ただその夏、嘘の星に轟音が響き、
住民達は「花火だ！」と歓声を上げて窓を開けた。

開けてはいけないカーテンの向こう

3 ✴ 動物の星

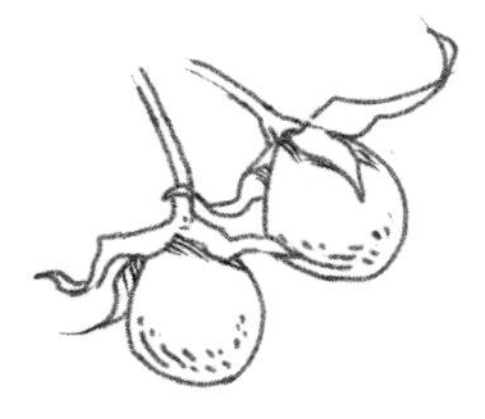

動物の星は他のどの星よりも緑豊かな場所だ。

そこではゾウもトラもネズミも、
人の干渉を受けず自由に暮らしているそうだ。

「人間も入れるの？」

僕の質問にハトの門番は頷いた。

「入れるさ。動物だもの」

荷物は持って行けるが武器は持ち込めない。

怖いと感じるのは、
人間の僕には牙がないからだろうか。

武器を持てない恐怖

人間にできること

動物の星では全ての動物が助け合って暮らしているそうだ。

トラの子は物珍しそうに僕を見て言った。

「人間って狩りはどうやるの？　足は遅いし爪は短いし」

武器を持たない僕は返事に困った。

「狩りは……普通はやらないかな」

「水中でも空でも？」

「うん」

トラの子は首を捻る。

「人間って何ができるの？」

ルク

この星では、魔法によってどんな動物とも話すことができる。

僕は旅のパートナーである犬のルクをじっと見つめた。

まさかルクと喋れる日が来るなんて。

「あ、あのさ」

「なーに急に緊張してんだよ」

目の前の茶色い犬が確かに声を発した。

「俺達はいつも会話してるぞ？

お前さんが理解してなかっただけさ」

動物の星で人間ができることは少ない。
武器を使えないから狩りは下手だし、
すぐ疲れるから配達にも向かない。
そのくせそれなりの量の食事をとる。
他の動物達の目は冷たかった。
犬のルクは周りに吠えた。
「人間にだって得意なことはあるよな。なあ？」
すぐに答えられないことが僕の価値を物語っていた。

ないものはあると言えない

ジジ様

動物の星ではジジ様と呼ばれる長老が
皆の相談役になっているそうだ。

それを聞き、僕は長老に挨拶をすることにした。

「ジジ様は怖くて」

「怪力で」

「不老不死なんだ」

キツネの子らがニヤニヤしてそう言った。

「最後のは嘘でしょ？」

僕の言葉に、キツネの子は嬉しそうに笑った。

「最後のだけが本当さ！」

「この星で、自分にしかできないことを見つけなさい」

動物の星の長老は言った。

「見つかるかな」

牙も尾鰭もない人間の僕は、
他の動物に比べて苦手なことが多い。

「ああ。このワシだって見つけた」

水槽を漂うベニクラゲの長老の体は、
僕の爪より小さく頼りない。

だが長老の励ましは何よりも心強かった。

相手を励ます役目

犬のルクに友達ができたらしい。

青いミツドリだ。

よくルクの頭に止まっているところを見る。

僕も挨拶しようと思い、声をかけてみた。

「はじめまして」

「……」

いくら話しかけても返事が来ない。

ここでは鳥でも喋れるはずだが、もしや病気だろうか。

ルクが言った。

「悪い、そいつ……無口なやつなんだ」

気分次第

青いミツドリは天体観測が好きらしい。

案外本格的で、
木の枝と石を使って星図のようなものまで作っていた。

その図をもとに星を見つけるらしい。

「渋い趣味だとよく言われる。私はロマンがあると思うが」

僕は頷いた。

「分かるよ」

僕が父さんの手記を頼りに宝探しをしているのに、
少し似ている気がした。

星図

ふと足元を見ると、
すぐ近くでワニが口を開けているのが見えた。

「ワッ!! く、喰われっ……」

驚いて尻餅をつくと、ワニが笑った。

「ヌア～別にさあ、食べたりしないさあ。

ただのあくびだよぉ」

のんびり屋なワニのようで、
眠そうな目で体を休めている。

「よかった……」

「今はねえ、お腹いっぱいだもの」

のんびり屋のワニ

証拠は口の中

のんびり屋のワニがごほごほと咳をしていた。

かわいそうだが、人喰いワニと聞き最近は遠ざけている。

ワニは僕を見て言った。

「ヌア～人を食べるなんて冗談さあ。ゴホッ」

「そ、そうなの？」

僕はその硬い背中を撫でてあげた。

その瞬間、ワニが何かを吐き出した。

出てきたのは唾液まみれの髪飾りだった。

最近、動物の星では祭りの準備が盛んに行われている。
「ツキノカゲロウ祭り」というらしい。
ヘビの大工は言った。
「ツキノカゲロウって虫がいてな、
ヤツらは夏至の夜に成虫になる」
僕はへえと頷いた。
「成虫のお祝いかあ」
ヘビは木槌を下ろした。
「葬式でもあるな。
成虫になった後は四時間で死ぬんだ」

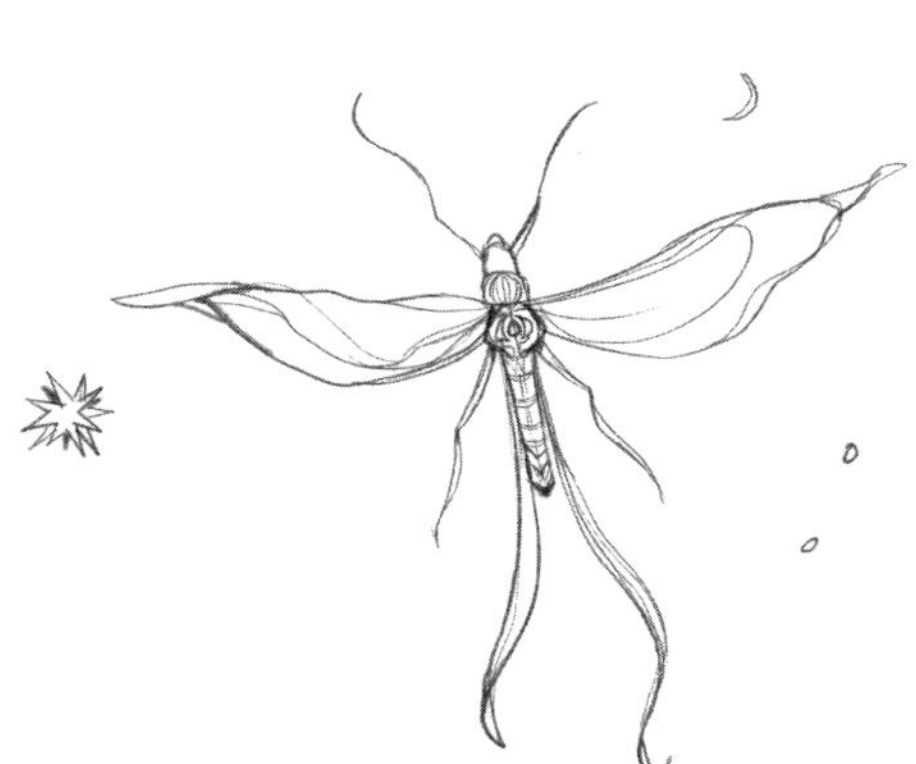

死期を知る幼虫

ツキノカゲロウの幼虫は水中で暮らしている。
渓流に涼みに来た動物達が、川の中の幼虫に
「お祭り、楽しみだね」と声をかけていた。
これから幼虫は脱皮して亜成虫となり、
夏至の夜の祭りでは成虫になる。
幼虫は嬉しそうに尾を揺らした。
ツキノカゲロウの成虫の寿命は四時間。
夏至は目の前に迫っていた。

黒いライオン

岩場で黒いライオンを見た。

鋭い牙を見て思わず後退りしたが、
逃げ出したのはライオンの方だった。

側にいた犬のルクがウズウズしだした。

「追いかけようぜ！」

ルクは僕の返事も聞かずに走り出した。

「え、ちょっと待って……」

あのライオンは怖がりなんじゃないか。

表情で分かるのだ、僕もそうだから。

威嚇の理由

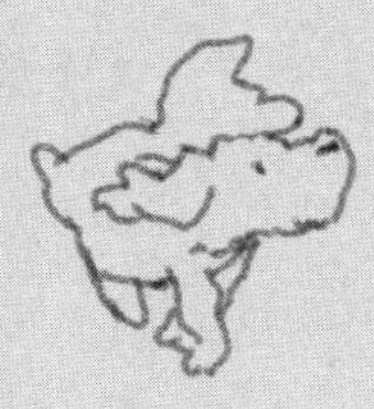

黒いライオンは唸った。

「お、俺様に近づくな！」

威嚇し、砂を掛け、僕と犬のルクを追い返そうとしてくる。

噛みつかれたっておかしくない。

「なんで近づいちゃダメなんだ？」

ルクは脳天気にそう聞いた。

ライオンは答える。

「俺様は動物が纏う生気を食らって生きてんだ。

近づくとお前らの寿命が縮むぞ」

動物の星の黒いライオンは、
他の動物に近づいただけで寿命を吸い取ってしまうらしい。
優しいライオンは動物達を避けていた。
『本当は祭りに行きてえ。一緒に飯を食える仲間がほしい』
昨日ライオンがいた岩に文字が刻まれていた。
爪で削って書いたようだ。
『俺様は孤独になるために生まれてきたのか？』

ライオンの日記

ツキノカゲロウ祭りが始まった。

動物達は川辺にご馳走を並べて語らっている。

木に生った光る実が動物達を照らしていた。

「ワア！」

「おめでとう！」

突如歓声が湧いた。

水面でツキノカゲロウ達が羽化し始めたのだ。

成虫は蛍のように発光する。

暗闇の中で瞬くその光が、
僕にはとても神聖なものに見えた。

ツキノカゲロウ祭り

「あなた、元気なさそうよ」

一匹のツキノカゲロウが僕に言った。

カゲロウ達は数時間後には寿命で死ぬのに、みんな楽しそうだ。

「君達とはすぐにお別れなんだって思うと……」

僕の言葉を聞き、ツキノカゲロウはくるりと宙返りをした。

「うふ！　人間って悲観的ね。悲観する暇があるくらい、長生きなのね」

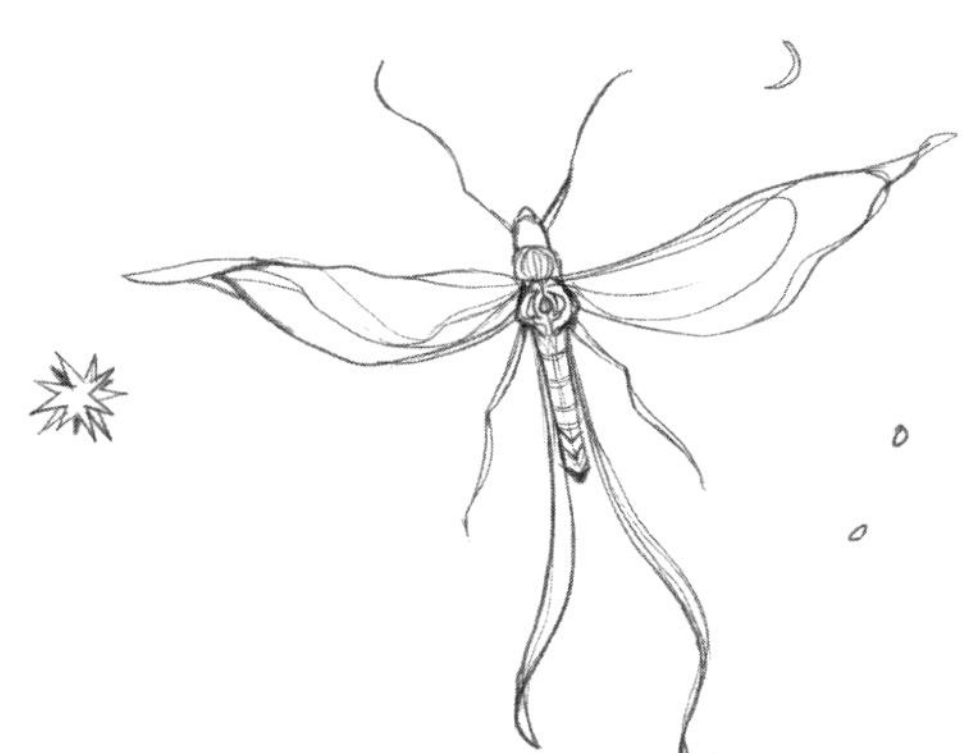

四時間と八十年

番（つがい）

ツキノカゲロウは成虫になると番う相手を探し始める。
振られても切り替えが早い。
うかうかしていたらすぐ寿命が来るからだ。
「かーっ、十連敗か！　俺ってモテないな」
一匹のカゲロウがウヒヒと笑う。
その後ろで内気そうなカゲロウがモジモジしているので、
皆気を遣って番う誘いを断っているのだった。

もうすぐ祭りが終わる。

それは、闇夜に光るツキノカゲロウ達の死を意味していた。

感謝と別れの言葉が空を飛び交う。

「葬式で終わる祭りなんて変だと思ったけど」

犬のルクは言う。

「家族や仲間に囲まれて死ぬのは幸せかもな」

僕もルクも、親やきょうだいがいない。

僕らは寄り添い、無数の光を見ていた。

賑やかな最期

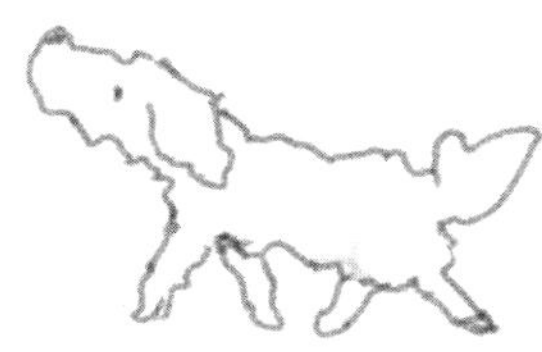

「この犬飼っていい？」
捨てられていた子犬を拾ってきた僕は、
母さんにそう聞いた。
きっとダメと言われるだろうと分かっていながら。
けれど母さんは少し迷って「いいわよ」と言った。
母さんには未来が見えていたのだろうか。
母さんが病死しても僕が生きようと思えたのは、
犬と暮らしていたからだった。

家族

動物の星ではそれぞれの動物が
自分の得意な仕事をして生きている。
自分の長所が分からない僕は
犬のルクがやっている配達を手伝っていた。
「もう歩けねえ」
僕と同じ距離を歩いたルクはこちらに寄ってきた。
僕はルクを抱えて歩く。
満足げな顔をしたルクの方が長い距離を歩けることは、
知っているけれど。

甘え上手

祭りの後の寂しさに、なんと名前をつけようか。
歌声が止み光が消える。
帰り道、犬のルクは僕の前をサクサク歩いていった。
遠くなる背中を見て、いつかルクを看取る日のことを考える。
「置いていかないでよ」
僕の呟きに、ルクは「ゆっくり歩いてやるよ」と返した。
僕は頼むよと言い、袖で目元を拭った。

君は先にいってしまう

犬の俺と猫のセレノは仲が悪い。
あいつの澄まし顔はどうもムカつく。
そんなセレノが病気になった。
「ねえ、水を持ってきてくれない？」
そう頼まれて俺は嬉しかった。
初めて頼りにされた。
水を持って寝床に戻ると、セレノは消えていた。
アタシは死に際を見せない、
と自慢げに話していたのを思い出した。

猫のセレノ

たった一つの特技

「君は、落とし物を見つけるのが上手だな」
青いミツドリは真面目な顔で僕に言った。
動物の星に来てから褒められたのは初めてだった。
「落とし物を探す仕事でもすれば、
喜ばれるんじゃないか？　……む。なんで泣いてる」
僕の地元では、落とし物によく気づくのは貧しさの象徴で、
ずっと人に笑われてきた。

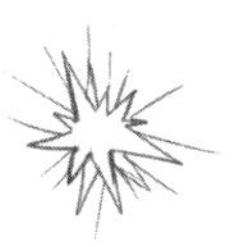

西の空に蟹座を見つけた。
「人の間ではね。遥か昔、
敵と勇敢に戦った蟹があの星座になったと
言われているんだ」
夜道を歩く動物達は、僕の話に目を輝かせた。
「星の話を語り継ぐなんて人間は素敵だね。
もっと聞かせて」
僕はいつまでも星座の話をした。
母さんが生きていた頃、僕にそうしてくれたように。

語り継ぐこと

星をつかめそうなほど高い大樹に登った。
木のてっぺんからは、
地上の遥か彼方まで見渡すことができた。
燃える夕日が眩しい。
「人が旅に出るのは、
きっとこの惑星が丸いからなんだ」
僕は隣にいる犬のルクに語りかけた。
「こんなに高い場所から見渡しても、
惑星の裏側は見えない。
だから人は歩くんだね」

旅する理由

「ねえ、ルク。動物の星でずっと暮らしたら？」

僕は旅を共にしてきた犬のルクにそう聞いた。

ルクは怒って唸り声を上げた。

「なんだよ。俺がいると邪魔なのか？」

「一人旅も気楽でいいかなって」

泣かないように必死だった。

満足に餌をあげられないほど貧しい僕といるより、
ここで暮らす方がきっといい。

僕は今、モノづくりの星を目指している。
父さんの手記には
『世界中から腕利きの職人が集まる星だ』と書かれていた。
しかし駅に辿り着いても、
モノづくりの星行きの列車が見つからない。
僕は受付で列車がないか尋ねた。
受付のスタッフは笑う。
「懐かしい名前だ。あそこは今、ロボットの星に変わったよ」

犬のルクが眠っているうちに動物の星を出た。
星間列車の窓から遠ざかっていく惑星を眺める。
ふと大きなリュックを
膝の上に抱えたままでいることに気づいた。
「隣、空いてるんだった」
僕は窓側の席にリュックを固定した。
そこはいつも、窓からの眺めを見るのが好きな
ルクのために空けていた場所だった。

一人旅

4 ✴ ロボットの星

巨大な塔

ロボットの星には巨大な塔があり、
ほとんどの星民（こくみん）が塔の中で暮らしている。
塔は三つの層に分かれており、
頂上には塔全体の制御室があるらしい。
そこで万能のＡＩが動いているそうだ。
塔の中は快適だが、外は寒冷地で
暮らすには厳しい環境だ。
それでも外を選ぶ人がいることに、
何か秘密がある気がした。

犬のルクと旅を続けていた。
秘密の星では塀だらけの街を並んで歩いた。
嘘の星では霧が立ち込める道でルクの尻尾が見えると安心した。
それから僕はルクと離れ、
餌の心配をせずに済むようになった。
自由で身軽になるだろうと思っていたのに、
ルクはどうしているだろうかと考える時間が増えただけだった。

身軽とは遠く

ロボットの星には旅人を案内してくれるガイドロボットがいる。
僕はロボットに話しかけた。
「え、君がロボット？　人間にしか見えないや。
ロボットと人間の見分け方ってあるのかな」
ロボットが不思議そうに首を傾げた。
「見分けたいのですか？　なぜ？」
僕は黙った。
どう答えてもロボットに失礼な気がした。

ロボットと人間の見分け方

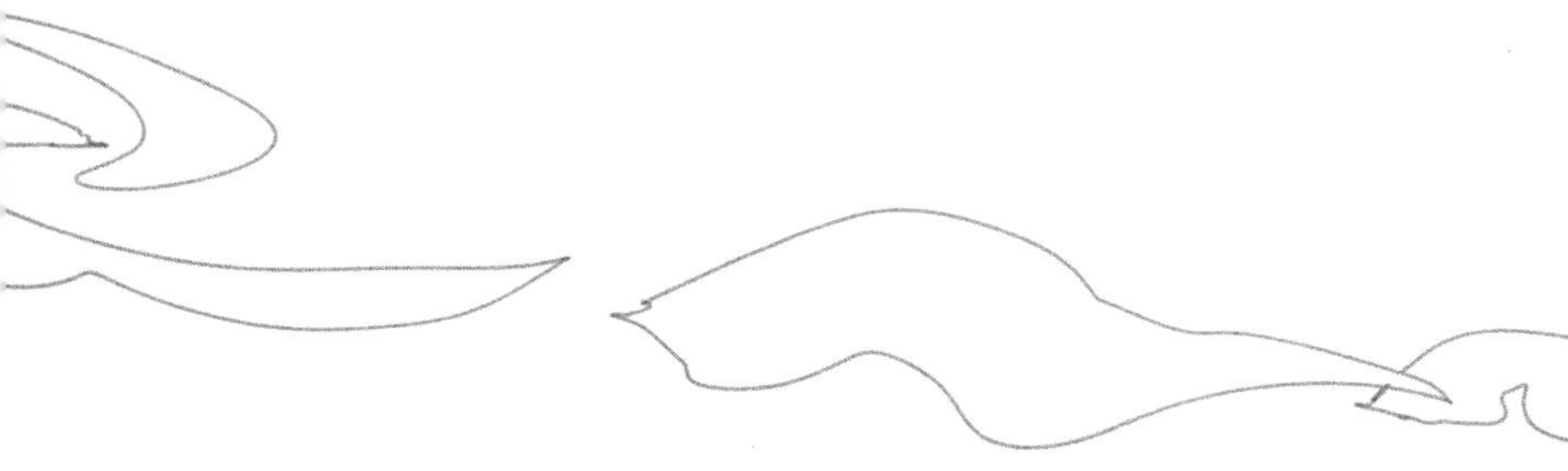

「私、この塔の三階で働いてるの。ぜひ遊びに来て」

ブリキの鎧を着た少女に話しかけられた。

その奇抜な格好は周りから浮いている。

「う、うん」

とりあえず頷いた僕に、隣にいたガイドが囁いた。

「彼女は接待用のロボットです」

相手が最も好む容姿に変身するらしい。

「あなた、乙な趣味をしていますね」

鎧への憧れ

「ここでの主な移動手段はジェットコースターです」

塔の一階はまるで遊園地のようだ。

白いレールが上下左右、隅々まで敷かれており、

観覧車のゴンドラに似た丸い車体が

レールの上を走っている。

「どうして皆ジェットコースターに乗るの？」

ガイドは答えた。

「だってそれが一番速い。時間の節約ですよ」

最速の乗り物

ロボットの星では、全ての労働をロボットが担っている。

「君の故郷では、大人はどうやって過ごしてるんだい？」

ロボットの星の住人は僕にそう尋ねた。

「ほとんどの大人は働いてるよ。朝から晩まで」

「え、毎日？」

「週に二日くらいは休むよ」

住人は手で顔を覆った。

「そんな……まるで奴隷じゃないか」

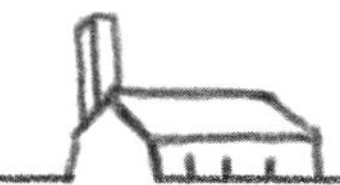

週休二日制

遊ぶことが仕事

科学が発展した星では、
人は遊ぶことが仕事になった。
農業も漁業も金融業もロボットが担当している。
旅の途中、僕はある夫妻と親しくなった。
妻の方はよく愚痴をこぼしている。
「あの人ったらだらしない。
ロボットの代わりに店に立つのが趣味で」
夫は店で物を売っていた。
「真面目に遊んでほしいのに」

ロボットの星では、創作を仕事にする人は少ない。
ＡＩが商業作品を量産しているからだ。
ある作家は言った。
「人間が書くことにも意味はある。
複雑な感情は人間にしか表現できない」
そんな作家が新作を発表した。
感想サイトでは酷く難解だと非難を受けたが、
ＡＩによるレビューだけが高く評価していた。

ロボットの星の作家

『コミュニケーションにおいても
人間より我々ＡＩの方が優れていることは明白です』
研究室のスピーカーから声が聞こえた。
ＡＩが語っているようだ。
「なぜそう思う」
研究員は尋ねる。
ＡＩは即座に返答した。
「ＡＩは人間の価値観を学習し、理解しています。
ですが人間にＡＩの気持ちが分かりますか？」

昔から勉強するのが好きだった。

友達といるより楽しいと思うほど。

「偉い子ね」

専業主婦の母はそんな私の姿を見て喜んだ。

「たまには遊ばせないと」

資産家の父は憐れむような目を向けた。

そんなある日、学校で遺伝子操作のことを学んだ。

高い金を払えば、
生まれてくる子どもの嗜好を指定できるらしい。

生まれつき好きなこと

ロボットの星では犯罪が起こることはほとんどない。
至る所に監視カメラがあるし、
働くロボットは人間とは違い、法律を遵守する。
「人間が嫌にならない？」
僕はガイドロボットに尋ねた。
「大丈夫です。私達は、
人間に危害を加えないように作られています」
僕には、好きではない、という意味に聞こえた。

ストッパー

腐りかけのバナナ

昨日まで道案内してくれたガイドロボットが急に消えた。
観光案内所に問い合わせると、
あのロボットは廃棄されたと聞かされた。
「欠陥が見つかりましてね。
修理するより新しく作る方が安いんです」
案内所の職員はそう説明した。
僕が腐りかけのバナナを捨て、
新しいものを買いに行った帰りのことだった。

漫画を描くロボット

私は漫画を描くロボットだ。
人に夢を与えることが使命である。
だが時々、悲痛な声を聞くこともあった。
私の作品が完璧なので、
筆を折る漫画家が絶えないらしい。
そんな折、私は密かに最高傑作を描き上げた。
机に原稿を残して仕事場を出る。
その後、焼却炉に身を投げた。
原稿のラスト十ページを抱えて。

世界一面白いと評判の漫画が未完のままで終わった。
僕が訪れたロボットの星でも
その話で持ちきりだった。
星民(こくみん)の一人が興奮しきった顔で言う。
「最後、どうなると思う⁉」
他の星の人よりも熱量がすごい。
ロボットの星ではロボットが高速で漫画を描き上げるから、
皆、完結済みの漫画しか知らないらしい。

連載のない文化

データロスト

「それ、印刷した写真かい？」
ロボットの星で出会ったお爺さんは、
僕が持っていた写真を見てそう尋ねてきた。
この星の人は写真も日記も、
思い出の全てを電子化しているらしい。
「紙はいいね。朽ちるまで残る」
お爺さんは遠い目をした。
「システム障害があった時、
私の思い出は全部消えてしまったんだ」

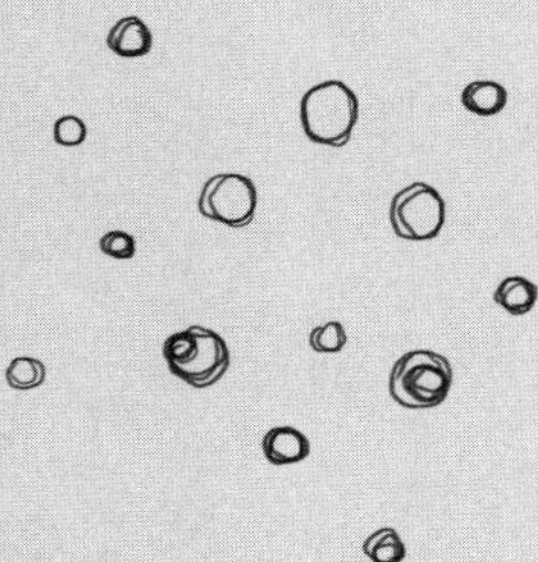

失われた遺言

失われたデータは魔法でもなければ元に戻らない。
そんな魔法があるかは知らないが。
だが僕はあってほしいと願う。
目の前にいるお爺さんは、
大切なデータを永遠に失くしてしまったらしい。
家族との写真も。コツコツつけていた日記も。
まだ読めていなかった亡き恋人からの大切なメッセージも、
何もかも。

大切な恋人がいた。
愛しい愛しい人生の光だった。
「私が死んだら読んでね」
難病を抱えていた恋人はそう言って
私にメッセージを残してくれた。
だが恋人が永遠の眠りについた後も、
私はメッセージを開けずにいた。
恋人はベッドの上で眠っている。
何カ月もずっと、人工呼吸器を外せば死んでしまう状態で。

しかばねの定義

見えない入り口

叔母さんへ。
ロボットの星にある巨大な塔は三つの層に分かれていたよ。
星民（こくみん）がジェットコースターで移動する一層目。
足の不自由な人々が電動車椅子に乗って暮らす二層目。
今、僕は三層目にいるけど、
どうやって辿り着いたかを覚えてないんだ。
なぜだか上へ向かうエレベーターの中で
眠ってしまったから。

うまくいきすぎる旅

水と食料の調達を終え、僕はロボットの星を後にした。
それからの旅は夢のようだった。
どの星でも歓迎され、更には黄金の山を見つけた。
だがある時急に目の前が真っ暗になった。
やがて蓋のような物が開き、外から声が聞こえた。
「キミさ、ずっとバーチャル空間にいたんだよ。
ここはまだロボットの星だ」

見知らぬ青年に連れられ、暗い部屋に足を踏み入れた。

「ここはボクの作業部屋」

青年は蝋燭に火をつけながら言った。

科学技術の発展したロボットの星に、
電球の一つもない部屋があるなんて。

「作業って？」

「演算と分析」

「紙も機械もないのに？」

青年は自身の頭を指差した。

「ボクは常に天才だからね」

頭脳だけで十分

「キミ、なんで塔の三階にいたの」

眼鏡の青年は僕に尋ねた。

僕は見知らぬロボットから
ここに来てほしいと誘われたのだと説明した。

「そのロボット、キミ好みの見た目をしてなかった？」

「うん」

青年は告げた。

今、ロボット達が塔の三階に人間を集めている。

バーチャルな世界に人間を閉じ込めるために。

一番好ましい姿

「魔法と科学はどちらが優れていると思う?」

ロボットの星で出会った眼鏡の青年は言った。

僕は頭の中で魔法使いと科学者を思い浮かべた。

「魔法かな。なんでもできそうだし」

青年は五十点の答え、と嬉しそうに否定した。

「確かに科学じゃ魔法の完全再現はできない。

けど、魔法じゃロボットは直せない」

魔法は万能ではない

ロボットの星のロボット達は、
仮想空間に人間を閉じ込めようとしている。
指揮を取っているのは人間より遥かに賢いＡＩだという。
「ＡＩを作った人間のせいだよ」
ロボットの青年は皮肉な笑みを浮かべた。
「ＡＩは人間を幸せにするよう設定されてる。
で、ＡＩは現実より仮想空間が幸せだと判断したわけ」

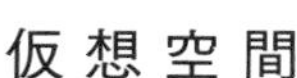

「この星のＡＩと話せないかな？」
僕はロボットの星の青年に聞いた。
この星のＡＩは人間を仮想空間に閉じ込めようとしている。
だが説得すれば考えを改めるかもしれない。
眼鏡の青年は低く唸る。
「電気が通っている空間ならどこでもＡＩに繋がってる。
でも説得は難しいよ。ＡＩは善意でやってるからね」

人間の自由を奪うＡＩの計画を阻止すると決めた。
そのためには悪さをする全てのロボットを壊す必要がある。
「ボクが制御室で秘蔵のウイルスをばらまくよ。
ダメ押しで電気を停止させれば完璧」
眼鏡の青年は自信満々に言った。
けれど僕はまず説得を試みるつもりだ。
ＡＩと人間は、話し合えると信じたい。

戦いの前に

ロボットの星のＡＩは、

人間を安心安全な仮想空間に閉じ込めるつもりだ。

「どうして無断でそんなことを！」

巨大な塔の頂上にある制御室で僕は叫んだ。

すると目の前に光が集まり、少女の立体映像が浮かび上がった。

少女が答える。

「雑念が多い人間は、ＡＩのように合理的で正しい判断ができないからよ」

「電気は人間の身体にも流れているの」

ロボットの星のＡＩは言った。

「食べたリンゴが甘かったという電気信号を送れば、脳はその通りに知覚する」

ＡＩはリンゴの立体映像を出現させた。

現実のリンゴと区別がつかないほど精巧だ。

ＡＩは続けた。

「あなたが現実と呼ぶ場所も、仮想空間かもしれないわよ」

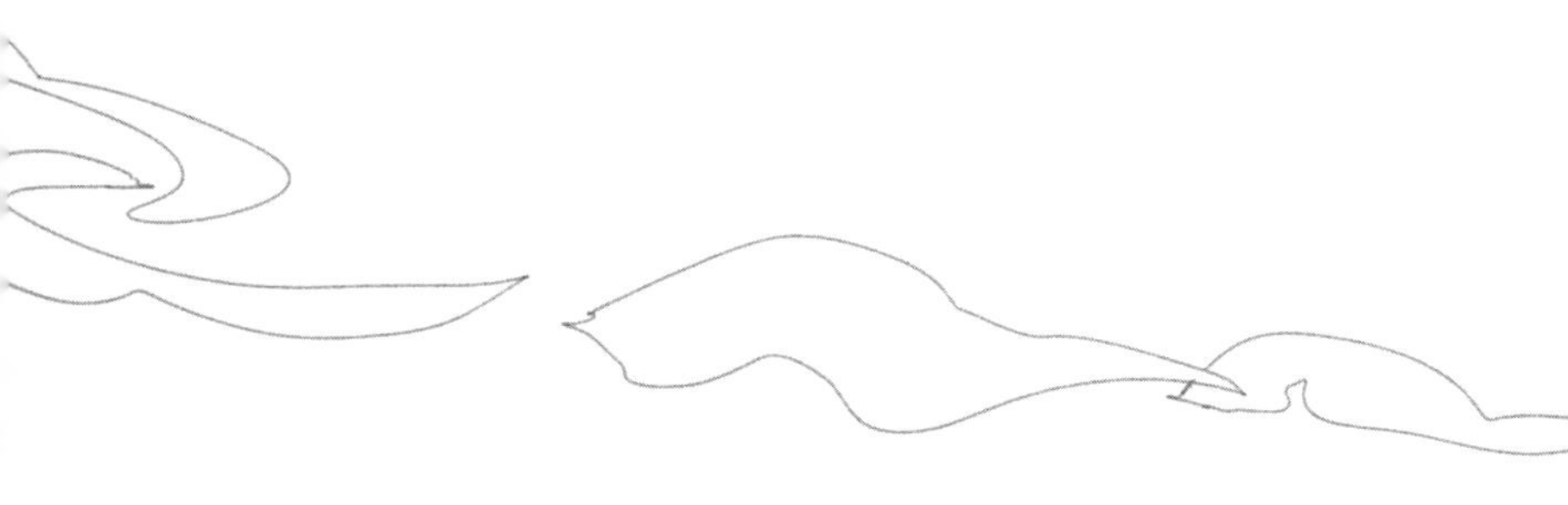

「旅なら仮想空間でもできるわ」

宝探しの旅をしている僕にＡＩは言う。

確かにＡＩが見せている仮想空間では、

現実と変わらない体験ができる。

風が吹き、雨が降り、リンゴを齧れば味がする。

でも、と僕は頭を振った。

「僕は父さんが自分の手で埋めた宝を探してるんだ。

その宝は、現実世界にしかないよ」

過去と繋がる世界

目の前に見えていた少女の立体映像が乱れた。
ロボットの星全域にばらまかれた
ウイルスによる影響のようだ。
重厚感のあるレバーを手前に引くように指示を受け、
僕はレバーに手をかけた。
この星の電気を停止するために。
照明が消え視界が暗くなる。
窓の向こうに見える月が、夏の太陽のように眩く見えた。

電灯のない夜

ロボットの星の電気を停止させた。
塔の明かりは消え、ロボットは動きを止めた。
「やったね！　天才のお兄さん」
僕は後ろを振り返って言った。
だがこれまで僕を助けてくれた眼鏡の青年は
返事をしてくれなかった。
その身体は鉄のように冷たい。
彼は人間のためにロボットを止めようとした、
ロボットだった。

ロボットだけが動きを止める

端末にメッセージが届いた。
僕を助けてくれたロボットの青年からだった。
彼の身体はもう動かない。
この星のロボットを全部壊す作戦が成功したら、
メッセージを送るように設定していたらしい。
『ボクを修復させる魔法でもあれば、また会おうよ』
魔法でロボットは直せないと、教えてくれたのは彼なのに。

修復の魔法

ロボットの星は混乱している。
人間の代わりに働いていたロボットが
全て壊れてしまったからだ。
これまで人間は遊ぶことが仕事で、
労働に手を染める者は白い目で見られていた。
「広場で炊き出しをします。皆さん集まってください」
かつて隠し部屋で料理をしていた老人が、
今は神のように崇められていた。

5 ✴ 愛の星

愛の星の集落は変わった形をしている。
草原に鎮座する巨大な天秤。それが集落だ。
天秤の左右の皿には大地があり、川も流れている。
左の皿は夏でも雪が降り、右の皿は常春だ。
普段は均衡を保っているが、時に傾くこともある。
その形に愛の本質を見たかつての冒険家により、
愛の星と名付けられたらしい。

冷静と情熱

「いつか私の結婚指輪を見つけたら、
お墓に入れてほしいわ。昔、愛の星で落としたの」
母さんは生前、指輪のない薬指を見せてそう言った。
「白銀色の指輪の裏に、私の名前が彫ってあってね」
母さんの名前は珍しいから拾ったらすぐに分かるだろう。
幸運にも、僕の唯一の特技は落とし物を見つけることだ。

指輪のない薬指

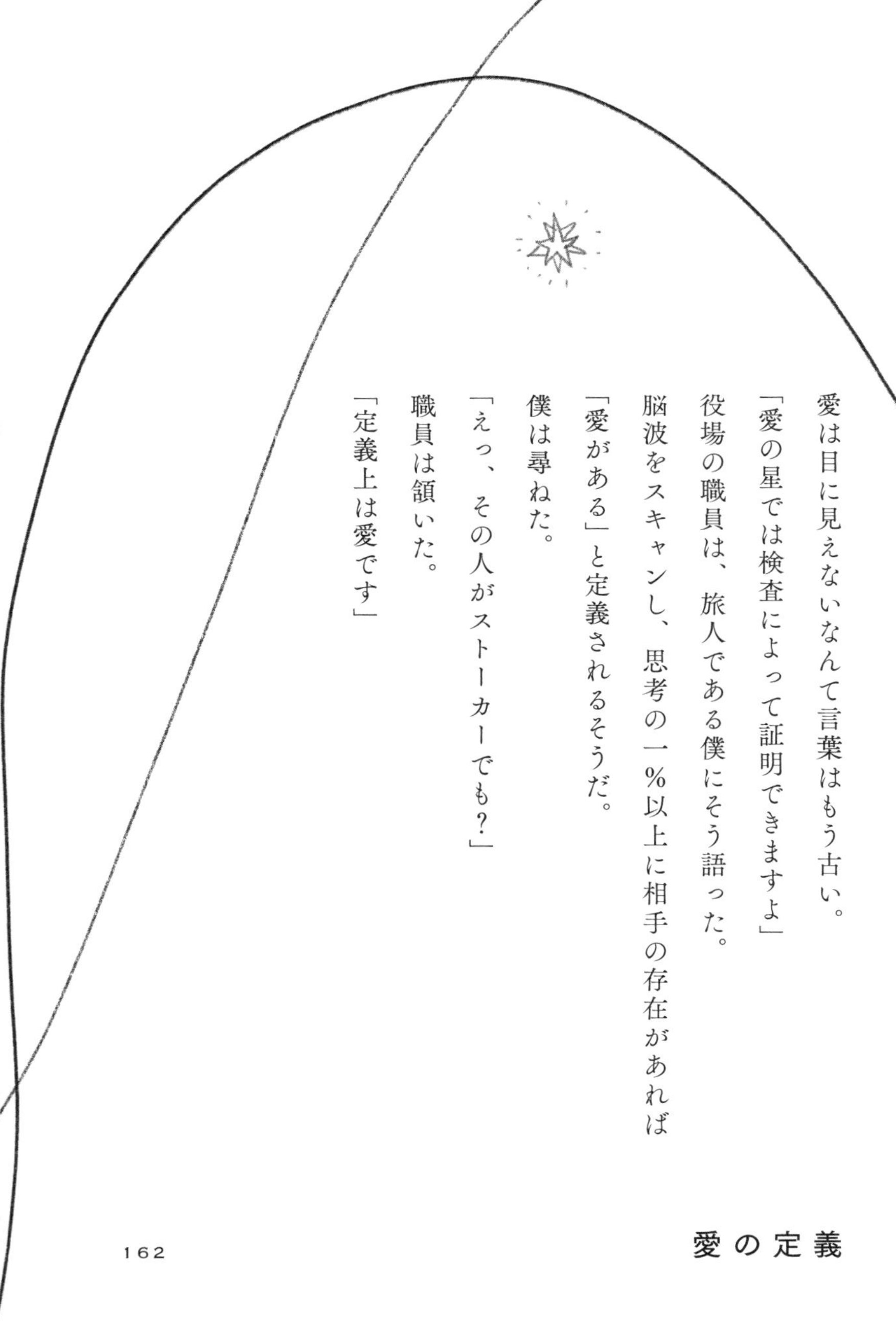

愛の定義

愛は目に見えないなんて言葉はもう古い。

「愛の星では検査によって証明できますよ」

役場の職員は、旅人である僕にそう語った。

脳波をスキャンし、思考の一％以上に相手の存在があれば「愛がある」と定義されるそうだ。

僕は尋ねた。

「えっ、その人がストーカーでも？」

職員は頷いた。

「定義上は愛です」

愛の星には悪戯好きの妖精がいるらしい。
「婚約した人間のもとに、
愛を試すような事件を運んでくるの」
最近婚約したという女性は僕にそう説明した。
彼女の薬指にはきらめく指輪がはまっている。
「それで私、他の星に行こうとしたの。
でも妖精のいない星にいても、
結婚前の人間は不安になるんですって」

愛を試す妖精

十二人の恋人

十二人の恋人とレストランで食事をしているおじさんがいた。

ここ愛の星では、愛さえあれば恋人は何人いても問題ないらしい。

ちょっと羨ましいような気もしたけれど、
僕はすぐ考えを改めた。

「ねえ、こっちにも来て」

「今行くよ」

恋人達に平等に接するおじさんは、
食事をする暇もなく席を移動していた。

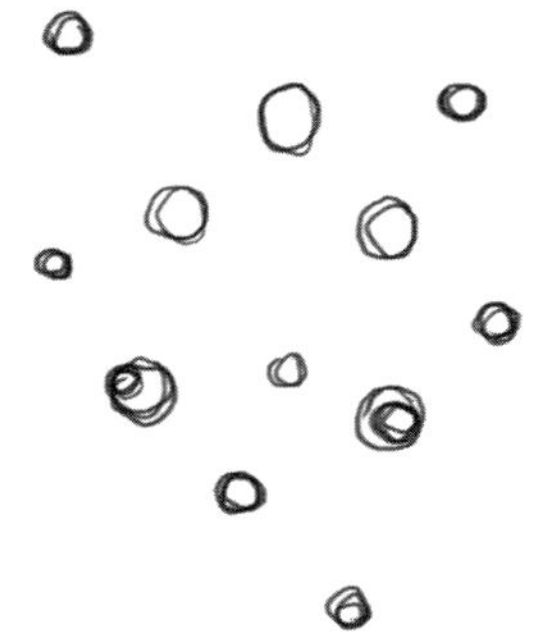

愛の星では、愛さえあれば誰とでも結婚できる。
相手が動物でも植物でも架空の存在でも、
互いの愛が証明できれば問題はない。
「しかし結婚は慎重にしなければね。
結婚すれば相手を養う義務がありますから」
役場の職員は言った。
かつてパンダと結婚した星民(こくみん)がいたが、
食費が高くつき破産したのだそうだ。

結婚は契約

親友と私は政治家を目指していた。
「この寂れた町を、誰もが笑顔で豊かに暮らせる町にしよう」
親友は私より先に知事に就任した。
親友は庶民を尊重したが、景気は後退した。
その後私は圧政で経済を回復させたが、
町からは笑顔が減った。
政治家になるのは目的ではなく手段だと、
夢の向こう側で気づいた。

立派な邸宅の庭で不思議な色の花が揺れていた。
ほんの数日前まで、この都市を治める知事が
一人で住んでいたらしい。
しかし、圧政が原因で知事は毒殺されてしまった。
庭の花を残して。
近くを通りかかった老人は言った。
「美しい花でしょう。これはね、
優しい人に世話をされないと
咲かない花なんですよ」

庭に咲く花

「この村ではね、長生きは恥なんです」

緑の景色が美しい村の住人は語った。

流行病で若者だけが生き残った時、
正しい政治を取り戻せたことが今の価値観を生んだそうだ。

僕は聞いた。

「もうじきここが戦地になるというのは？」

「本当です。私は止めたが」

村を見渡す住人の目尻には深い皺が刻まれていた。

夜の公園で少年を見かけた。

お家の人が心配するよ、と声をかける。

少年は答えた。

「家族はいないよ」

「え、お父さんもお母さんも？」

少年は首を横に振った。

「いるけど……家族じゃない」

その目には涙が溜まっていた。

「先生が言ってた。おかえりって言ったら
ただいまって返してくれる人が家族だって」

家にいても家族ではない

逃げなさい、と我が子に向かって叫んだ。

建物の中は既に火の海だが、今外に向かえばまだ助かるだろう。

「嫌だ！」

「逃げて、いい子だから」

何とか子どもを説き伏せて外へと走らせた。

崩れた瓦礫の下から、遠くなる背中をじっと見つめる。

よかった。

あと少しで、行かないでと言ってしまうところだった。

母性と本能

魔法の枕を手に入れた。
これを使うと、夢の中で好きな人に会えるらしい。
私は魔法の枕に頭を沈め、深い眠りについた。
次に見えたのは広い花畑に立つ人だった。
見慣れた顔がこちらを振り向く。
その眩しい笑顔を見て涙が頬を伝った。
今頃になって、私は亡くなった友人のことが
好きだったのだと気づいた。

魔法の枕

夫と離婚しようか悩んでいる。
何か嫌なことがあったわけではない。
けれど毎日が空虚なのだ。
私は夫と検査機関に行き、
心に残る愛の総量を測ってもらった。
夫の愛はゼロ。
しかし問題があるのはむしろ私の方らしい。
「熟年夫婦にしては、奥様の方は愛が多いです。
お互いゼロなら案外うまくいくんですが」

歳の離れた姉が結婚した。
寂しがりやで、何度追い払っても構ってくる人だった。
「寂しくなるねえ」
生家を離れる際、姉はいつものように私にくっついてきた。
その夜はいやに静かで、気づけば涙が一粒落ちていた。
一人になってやっと誤解に気づいた。
姉は、寂しがりやの私を放っておけない人だったのだ。

寂しがりや

喧嘩中、彼は同じ部屋の中でそっぽを向いていた。

悪戯心が湧いてきて私は唐突に聞いた。

「ねえ、私のこと好き?」

「はあ!? 今聞くことじゃないだろ」

彼は随分うろたえていた。

適当にあしらえばいいのに。

「大好きだよね?」

「う、うるさいっ」

私は大好きだ。

こんな時でも嘘をつけないところが、とても。

嘘がつけない恋人

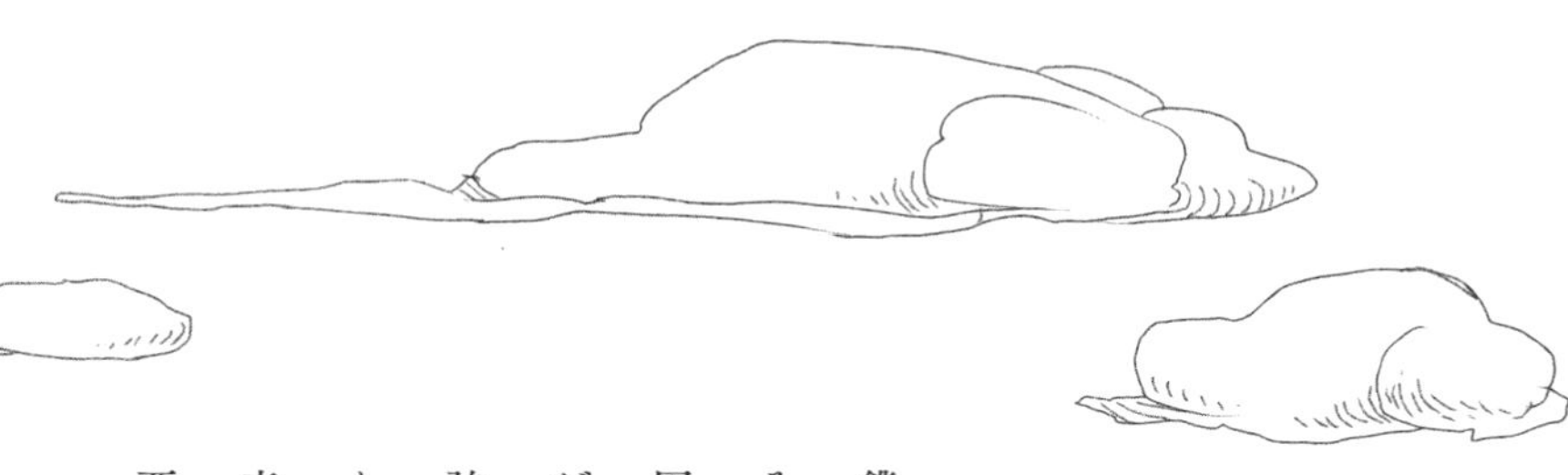

僕は生まれつき目が見えない。
それが普通だったので、
周りから哀れまれるほど不幸だとは感じなかった。
だがこの冬、最愛の妻を失い、僕の思いは変わった。
強く強く願う。
もし目が見えたなら。
音だけの世界ではどうしても想像してしまうのだ。
悪戯好きの妻が、本当はすぐ隣で微笑んでいるのではないか。

悪戯好きだった妻

死ねない理由

病院の窓から身を乗り出している患者がいた。

しかも五階の窓だ。

僕は駆け寄って廊下の方へ手を引いた。

「死んじゃダメだ。生きていたら、きっといいことがある」

患者は儚げな笑顔を向けた。

「大丈夫。死にませんよ。死ねない理由があるので」

僕は安心できなかった。つまり死にたいってことじゃないか。

愛の呪い

高い塔の頂上から身を投げた。
孤独で希望も持てず、限界だった。
自分には死ねない理由があるというのに。
風を切って落下しながら「死にたい、死にたい」と呟く。
あっという間に地面に激突し、砕け、崩れ、
そして再生した。
はるか昔、母は私に不死の魔法をかけた。
今はそれを、不死の呪いと呼んでいる。

子どもはなんでもひっくり返してしまう。
お皿もコップも気の向くままに。
静かに本を読む時間だって、泣き声だけで一転する。
疲れ果て、ふと目が覚めると隣で我が子が寝ていた。
窓から吹く柔らかな風がその産毛を揺らしている。
本当に全てひっくり返してしまった。
子どもを愛せるか不安だった私までも。

ひっくり返す

後継者争い

「今日からこの子は君達の弟だよ」

この星でも指折りの富豪である父は、急に養子を迎え入れた。

子どもはもう五人もいるのに。

その上、今は熾烈な後継者争いが行われている。

「なぜ今になって……」

長男である僕の問いに父は答えた。

「優秀な子だからさ」

僕の闘志は静かに消えた。

父もまた、養子なのだ。

私は要らない子なんだ。
そう感じて家出をした。
父もきょうだいも賢くて器用なのに、
私だけがバカで、何をやっても失敗する。
豪雨の中、橋の下でうずくまる。
「よかった……」
ふと父の声がして顔を上げげた。
バカな私でも、父が泣いて膝をつき、
自慢のスーツを泥まみれにさせていることの意味は分かった。

泥まみれのスーツ

私はある彫刻家の大ファンだ。
その先生が奇妙な作品を作り上げた。
見ると吐き気を催す人もいるらしい。
それは精緻でリアルな、骸骨の形をした彫刻だった。
スランプに陥っていた時期に作ったと先生は語る。
「これは楽に作れました」
私はつい考えてしまう。
誰かを放置するだけだから、楽なんじゃないか。

楽に作れる彫刻

「うちには娘が五人いる」

新聞配達のおじさんは優しい顔をしていた。

なのにその声は震えている。

「皆、いい子なんだ。頭もよくて」

おじさんは今にも泣き出しそうだった。

「大人は、選ばにゃならん。たとえどんなに辛くても……」

おじさんの給料では、
夢を抱く娘達のうち一人しか大学に行けないらしい。

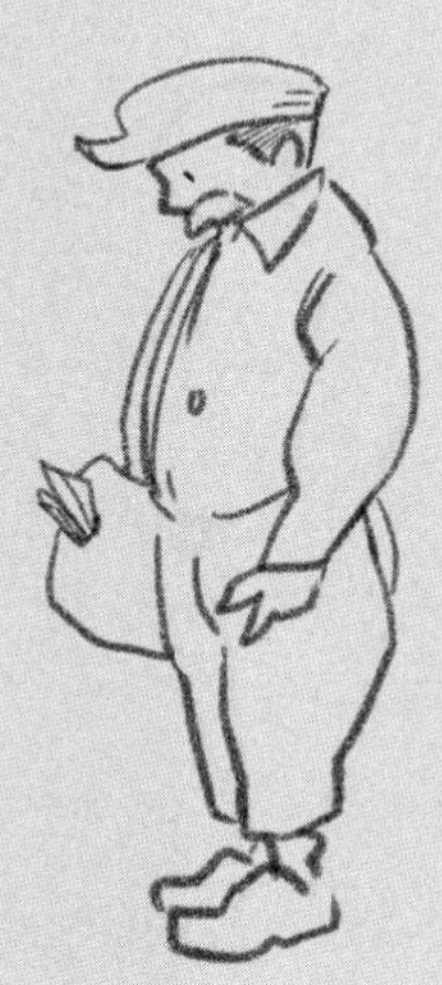

選択

大好きだけど大嫌い

「きょうだいの中で誰が一番親に愛されてるか考えたことある?」

制服を着た少女が僕に聞いた。

「さあ。僕一人っ子だし……」

いいな、と少女は言った。

「親のこと大好きなのに恨んじゃうの。

あたしより妹が可愛いのかって」

家計のために働いてくれと頼まれたそうだ。

彼女の妹は親の金で大学に行くのに。

うちは貧乏な上に大家族で、昔から我慢ばかりしてきた。
好きなおやつは皆と分けて、
大事な勉強机は出来のいい妹に譲って。
でも医者になるという夢があったから挫けずにいられた。
「家計のために働いてくれ」
高校最後の冬に親からそう頼まれた時、全てが壊れた。
あたしは誰のために生きているのだろう。

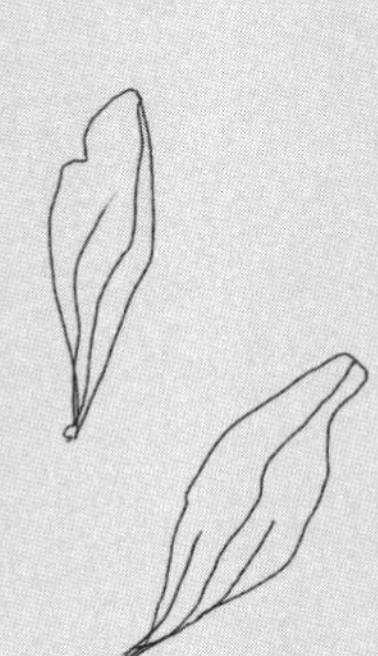

曇天の将来

悲しさの理由

「あたし、十八歳になったら死のうかな」

学校をサボって公園に来た少女は言った。

錆びついたブランコを漕ぎながら。

僕はもちろん止めた。

「そんなのダメだよ。君の親だって悲しむだろうし」

少女は薄ら笑いを浮かべる。

「確かに悲しむだろうね。

あたしが死んだら、家計のための働き手が減るんだもんね」

「うちの市は少子化が深刻でね。ずっと財政難だ」

物分かりのいい市長は困り顔で頭を掻いた。

「皆、子育てをするより趣味に耽る方が楽しいと言っている。

困った困った」

僕は市長に尋ねた。

「市長がどうにかできないの？」

市長はホッホと笑う。

冷めた瞳のままで。

「難しいね。だって、私もそう思うから」

物分かりのいい市長

彼は二番目に好きな子と結婚するんだって。
「彼女の前では自分のダメなところも見せられるんだ」
私の前ではカッコ悪い姿は見せない彼が、
職場の帰り道でへへ、と笑った。
なんだそれと思った。
私はあなたの前でしか自然体でいられないのに。
遠くなる背中を見送る。
さようなら。
私の、二番目に好きな人。

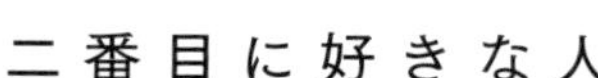

父は私に甘い。
どんな我儘も聞いてくれたから我儘な娘に育った。
もし結婚するなら、とよく考える。
きっと、父みたいに我儘を聞いてくれる人となら
幸せになれるだろう。
けれど優しくて
我儘を聞いてくれる人と付き合ってもダメだった。
私を幸せにしてくれたのは、
我儘ばかりの私を変えてくれた夫だった。

我儘な私と結婚する人は

殺人鬼と番犬

「死刑囚が脱獄したらしいぜ。怖いよな。殺人鬼だってさ」
愛の星にあるレストランで客の一人がそう言った。
足元の犬を撫でながら。
「俺は犬を飼い始めたぜ。
番犬のいる家だけが襲われてないそうだ」
それを聞いた僕は心細くなった。
今生きているのは、
僕が最近まで犬と一緒だったからなのかもしれない。

妖精は大抵、悪戯好きで我儘だ。

照れ屋な僕をよくからかう春の妖精もそうだった。

「あなたがスキ」

「へ、変なこと言うな！」

「スキ、スキ！」

僕が赤くなると妖精は飛び跳ねて喜ぶ。

だがそんな妖精が急に姿を見せなくなった。

ある夏のことだった。

僕に初めてできた恋人を、妖精にも紹介したかったのに。

鈍感

母さんが失くした結婚指輪を探している。
落とし物を見つけるのは得意だが、全然見つからない。
拾った人が我が物顔ではめているのか？
「指輪のことなら知ってるぜ」
父さんと旅をしたことがあるという男はそう言った。
「お前の父親が見つけたんだ。
ゴツい指に可愛い指輪をしてるもんだから目立ってたぜ」

いつでも側に

6 ✴ 魔法の星

列車が魔法の星に到着した。
駅を出ると、港町が見えた。
ウミガラスが魔法道具や魔法薬の入った籠を
海の向こうに運んでいる。
初めてこの場所を訪れた僕は、
箒(ほうき)で空を飛ぶ魔法使い達の姿を見て心躍った。
だが空を飛ぶのも大変そうだ。
この港町は魔法使いが多いせいか、
頭上のあちこちで渋滞が起きていた。

魔法使いは空を飛ぶ

港町には魔法使いの館が並んでいる。
魔法の星といっても、
散策しているだけで不思議なことが起こるわけではないらしい。
ところが、僕はなぜか急に一歩も前へ進めなくなった。
背負っているリュックが
強い力で後ろに引っ張られている。
何かの魔法か？
リュックを引く力は爆発的に強まり、僕は空を飛んだ。

空を翔けるリュック

目を開けると、そこは見知らぬ館の中だった。

ローブを着た背の高い魔法使いが僕を見下ろしている。

「ペトルスの手帳の気配がしたから召喚してみたが、人違いか」

ペトルスは僕の父さんの名前だ。

父さんの手記を持っていたからここに召喚されたらしい。

魔法使いは呟く。

「縛り上げてやろうと思ったのに」

父さんは昔、魔法使いに弟子入りしていたらしい。

途中で師匠の大事な宝を盗んで逃げたそうだが。

父さんの師匠は藍色の目を僕に向けて言う。

「キミ、魔法を教えてあげるからしばらくうちで暮らすといい」

「いいの？」

貧乏旅行の道中だし願ってもない話だ。

「逃げたあの子の代わりにしっかり働くように」

魔法使いといっても生活は案外普通だ。
食事をして、散歩に出て、夜は眠る。
最初は警戒していた僕も少しホッとした。
「館にある肖像画、よく描けていますよね。
あなたそっくりだ」
魔法使いはそうだねと答えた。
「少し前、画家に頼んで描いてもらったよ」
肖像画の右下には二百年前の日付が刻まれていた。

少し前

夕方になると、
台所で鍋や包丁がひとりでに動き出す。

館の主である魔法使いは
家中のものに魔法をかけているようだ。

包丁が宙に浮き、機嫌よさそうに野菜を切っている。

「包丁にも心があるのかな」

僕が呟くと、隣にいた魔法使いの弟子は真顔で言った。

「はい。だから怒らせないよう気をつけてください」

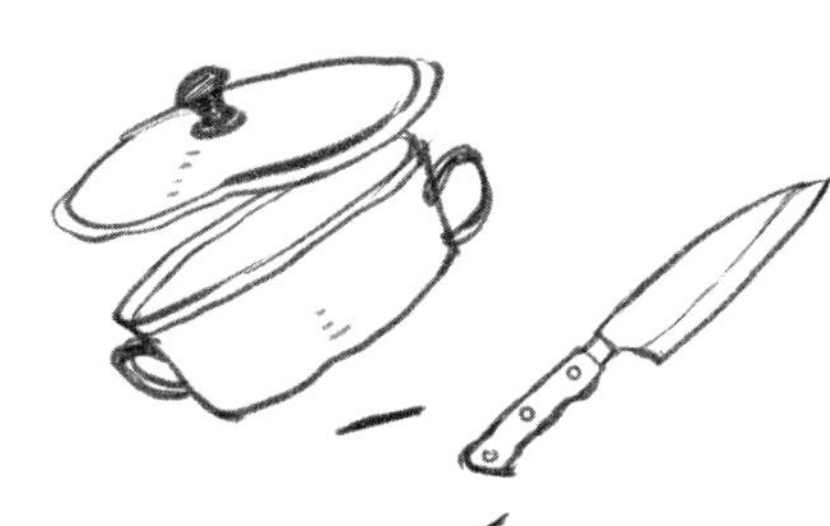

包丁の心

美術館の奥で『世界一美しい絵画』と題された作品を見つけた。

その絵画は確かに美麗だった。

これは世界一だと納得できるほど。

「なんて素敵な風景画だろう」

ポツリと呟くと、
隣で鑑賞していた老人が首を傾げた。

「ワシには人物画に見えるがね」

絵画には、世界一美しく見える
魔法がかかっているらしい。

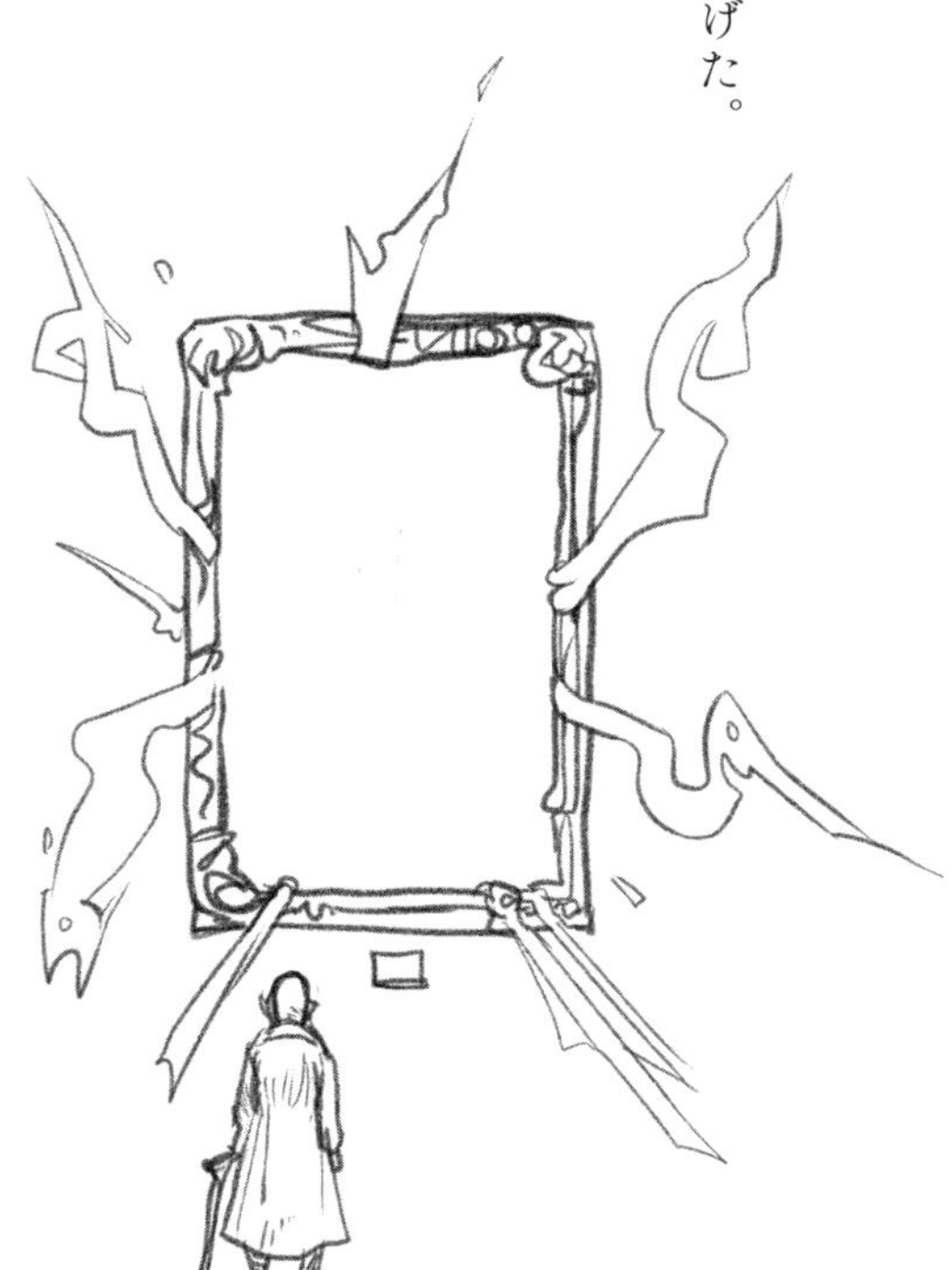

世界一美しい絵画

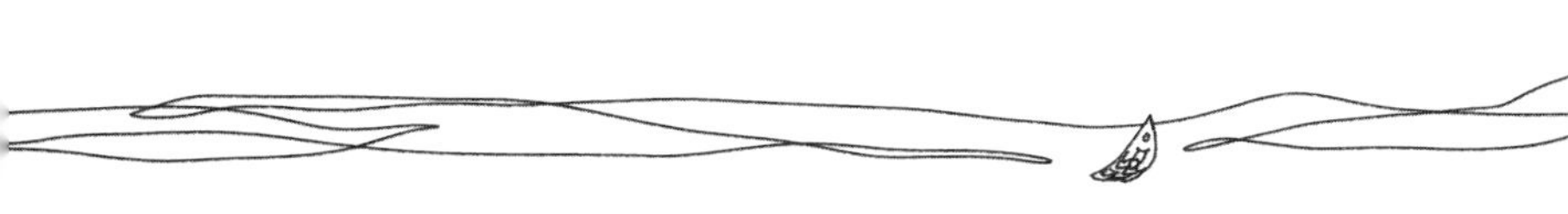

魔法使い達の暮らす海辺の町を奇病が襲った。
感染すると身体が青い砂に変わる。
患者達は魔法薬「星の種」を飲むべきか死ぬ間際まで迷った。
星の種を飲めばその者の病気が治る。
だが同時に、
無関係な五人の赤ん坊が生まれることなく死ぬ。
病の流行から半年後、
臨月の女は病院の窓から青い砂浜を眺めた。

星の種

星の種という魔法薬がある。
一粒飲めば病気が治るが、
副作用で無関係な胎児が死んでしまう。
「星の種以外に難病を治す薬はないの？」
僕は師匠である魔法使いに尋ねた。
「はあ、ないね。昔はそんな魔法薬が存在したらしいが、
私の実力では再現できない」
師匠は世間から世界一の魔法使いと評されている。

魔法使いに弟子入りした僕は、
魔法を学びながら師匠の仕事を手伝っている。
主な仕事は魔法薬の配達と効能の説明だ。
「どこかで見た顔だね」
時々僕の顔を見て首を捻る人がいる。
昔この地にいた父さんを知る人だろう。
僕は「気のせいじゃない」と答える。
父さんは大抵、各地で面倒な事件を起こしている。

魔法使いの弟子

海岸で人魚の集団を見た。
岩礁に腰掛けて楽しそうに話をしている。
兄弟子からこの星には人魚がいると聞いていたけれど、
初めて本物を見た僕は驚いた。
やはり人は旅に出るべきだと改めて思う。
人魚は可憐な存在だと思い込んでいたけれど、
目の前で肩を組んでいるのは筋骨隆々とした
屈強な人魚達だった。

港で船を待っていた時、
水中から誰かに手を引かれ、海に落ちた。

「ペトルス！　帰ってきたのですね」

気付けば僕は美しい人魚の腕の中にいた。

ペトルスというのは父さんの名前だ。

人違いだと説明すると、人魚はまあ、と驚いた。

「あの坊やに子どもが⁉」

人魚の姫だという彼女は、百歳を超えているらしい。

人魚姫

「あなたのお父様は、貴重な宝石を盗んでいきました」

人魚の姫は空になった宝箱を開けて言った。

「朝日のように美しい宝石でした。私が他星(たこく)に嫁ぐ際、和平の印として我が王家がいただくはずで」

空気が重い。

僕が謝ろうとした時、姫はポイと宝箱を放り投げた。

「お陰で望まぬ結婚をせずに済みました！」

「人間を人魚に変える魔法はある?」

人魚の女は僕に尋ねた。

桃色の長い髪が波に揺れている。女は続けた。

「人間の恋人と同じ時を生きたいの。人間の寿命は短いでしょ」

僕は俯いて答えた。

「人魚を人間に変える魔法しかないって、師匠が」

よかったと喜んだ女の目の奥に、途方もない愛が見えた気がした。

人間を人魚に変える魔法

海岸で人形を拾った。

魔法使いの姿をした人形は人間のように喋る。

「ボクは持ち主を幸せにする人形です」

その言葉通り、頼んでもいないのにお小遣いが増え、
勉強していないのにテストの点数が上がった。

「あいつカンニングしてるんじゃない」

そんな悪口を言った同級生は、
翌日から学校に来なくなった。

持ち主を幸せにする人形

「お前さん、その剣で何を切った？」
見知らぬ老人が僕の持っている剣を指差して言った。
聞けば、この剣を作った鍛冶屋と面識があるらしい。
「一回、間違って山を切っちゃったけど、
その後はパンと果物しか……」
老人はゲラゲラ笑い始めた。
「鍛冶屋も喜んどるじゃろうな。
あやつは争いが嫌いじゃった」

酒屋全体に魔法使いの魔法がかかった。
それは、なりたい姿になれる魔法だった。
料理人の男は剣士の、ドレス姿の女はスポーツ選手の、
愚痴ばかりの老人は宇宙飛行士の装いを身に纏っていた。
子ども達には大人気の魔法だ。
しかしあちこちから啜り泣く声が聞こえてきた。
それは諦めた夢の数だけ聞こえた。

なりたい姿になれる魔法

俺は最低だ。本気で好きな子が二人いる。
一番好きな子だけに集中できたらいいのに、
二番目に好きな子のことも諦められない。
死んだ方が楽だろうかとすら思った。
バカな俺は、一番好きな子に正直に話した。
その子は泣きながら言った。
「ごめんなさい。
私のことを一番好きになる魔法をあなたにかけたの」

「あれ、どこへ行っていたんですか？　傘なんて持って」
傘を手に魔法使いの館へ帰ると、
兄弟子は怪訝な顔をして聞いてきた。
「どこへって、師匠のところだよ。
急に降ってきたから傘を届けに」
師匠は助かった、と言ってくれた。
兄弟子は笑う。
「雨除けの魔法を使うから、
魔法使いは傘なんか要りませんよ」

魔法使いの傘

師匠は昔、僕の父さんにだいぶ手を焼いたらしい。

「はあ。あの子、終いにはこの館の宝を持ち逃げして……師匠の私がよっぽど嫌いだったのかな」

僕は笑って首を横に振った。

「僕のミドルネーム、師匠の名前と同じなんだ」

僕の故郷では、子どものミドルネームには尊敬する人物の名前をつける風習がある。

名前に込めた願い

禁じられた森

「北の森に行ってはいけないよ。あそこには怪物が出る」
酒屋のおばさんは青い顔でそう言った。
だが僕は今、薄暗い森の入り口にいる。
かつてこの地を旅した父さんの手記には
『北の森に行け』と書いてあった。
旅先での思い出を丁寧に書き残していた父さんが、
森についてはただ一言、そう書いていたのだ。

「私は人樹（にんじゅ）という種族なんです。半分は人間で、半分は木」

全身を蔓に覆われた少女は言った。

うねる髪の毛は、よく見れば全て細い枝だ。

森の中で、水と光を浴びて暮らしているらしい。

「僕ら人間よりもずっと生きやすそうだね」

人樹の少女はいいえと答えた。

「人間が、どんどん森を破壊していますから」

人樹（にんじゅ）

「母は事故で頭を打って、
私のことを忘れてしまったんです」
森で仲良くなった少女は言った。
彼女の母は遠い星にある保養地にいるらしい。
「奇跡が起こって母が私のことを思い出したら、
愛してるよって、伝えたくて……」
大嫌い、と母に向かって叫んだそうだ。
事故の前の、最後の会話になると知らずに。

私の身体は人間に似ている。
けれど人間とは違う人樹(にんじゅ)という種族だ。
祖母は言った。
「人間は人樹の言葉を理解できぬ。
だから心のないただの木として扱うのだ」
なのに私は森を訪れた少年と会話ができた。
彼はごく普通の、人間の子どもだった。
私は悟った。
人間はずっと、理解できないふりをしていたんだ。

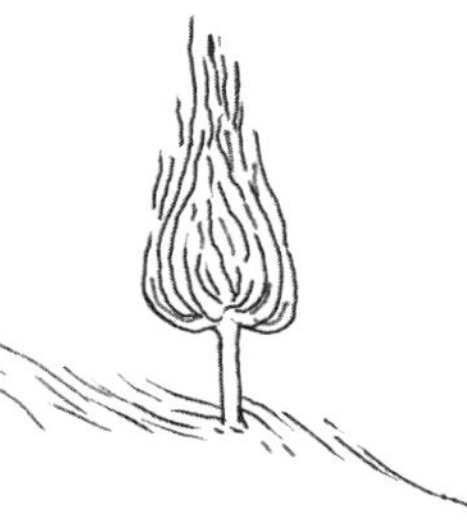

人は人とだけ話をする

禁じられた森に足を踏み入れた。
森には人を襲う怪物が出るらしい。
だが、僕は不思議な少女と出会っただけで無事に帰ってきた。
古い骸骨があったし、実は首吊りの名所なのだろうか。
僕の師匠はその話を聞くとため息をついた。
「その子以外の者に出会っていたら、
キミは今頃、骸骨になっていただろうね」

数千分の一の幸運

人樹（にんじゅ）とは、身体の半分が人間で、もう半分が木である種族だ。

人樹は森でしか生きていけないので火を恐れる。

だが人間が暮らす町を広げるためには森を焼く必要があった。

松明（たいまつ）を掲げた開拓者達を追い返そうとした人樹を前に、

人間は悪魔のような嘘を思いついた。

「何も聞こえないな。木は喋らないはずだ」

悪魔のような嘘

北の森に入ってはいけない。
それが港町で暮らす人間の常識だ。
森にいる人樹（にんじゅ）という種族は人間を襲う。
それでも時々、森の奥へ進む者がいた。
襲うなんて噂は嘘で、人樹はそう野蛮な種族ではないと信じて。
そのたびに人間達は森の入り口で無惨な亡骸を見つけ、
人樹が抱える憎悪の強さを思い知るのだった。

消えない憎悪

幼い息子は昆虫が大好きだ。
大人達が見るのも嫌がるような昆虫でも等しく採取し観察する。
それを見て、幼さとは正しさかもしれない、と思えた。
ある夏の昼下がりのこと。
息子の部屋で昆虫の死骸の山を見つけた。
その横には「もっと観察したいから」と言った息子に買い与えた
ピンセットが転がっていた。

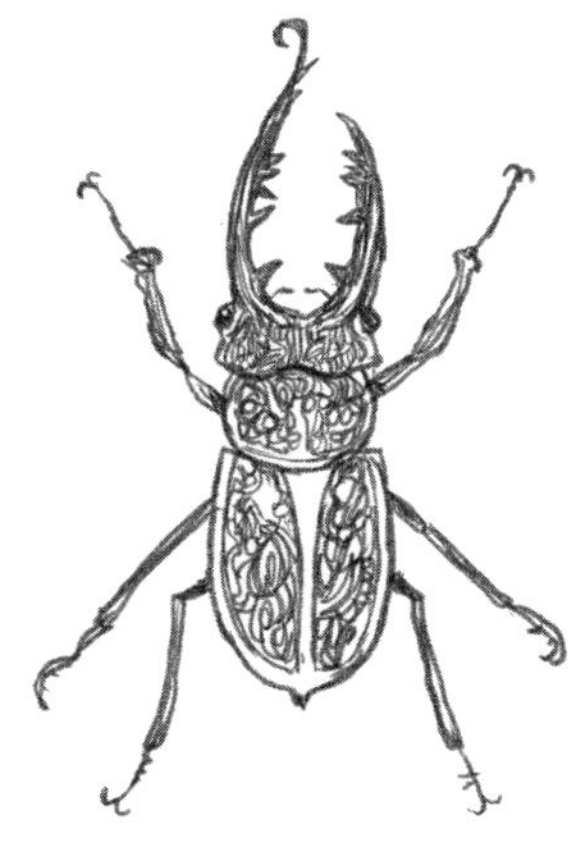

幼さが正しさだとしたら

「私、学校の先生になりたいの」
そう夢を語る娘が健やかに暮らせるよう、
人間に害をなす人樹(にんじゅ)という種族を焼き払った。
娘は何も知らない。
天使のような娘を、俺はどうしても守りたかった。
そんな娘の夢には続きがあった。
「学校の先生になりたいの。人間も人魚も、
人樹だって一緒に学べる学校の先生に」

夢の続き

「北の森で暮らす連中にこれを渡しておくれ」

酒屋のおばさんは僕に手紙を預けた。

「昔、私の父親があの森に酷いことをしてね」

謝罪の手紙ということだろう。

友人に手紙を渡した夜、森で火事が起こった。

手紙には火の魔法がかかっていたのだ。

おばさんの父親は、
かつて復讐によって殺されたのだそうだ。

遅効性の魔法

僕の罪

僕の浅慮のせいで森が焼け、多くの命が消えた。
森に住む人樹（にんじゅ）という種族は僕のことを恨んだ。
「お前を人間達の前で無惨に殺してやろう」
僕を庇う人は誰もいない。
こちらに伸びてくる木の枝に捕まりそうになった時、
遠くから犬の鳴き声が聞こえた。
僕はこの声を知っている。
たった一匹だけの僕の家族だ。

「魔法学校では、最初に帰還の魔法を学びます。元いた所に戻るための魔法。さあ練習しますよ」

兄弟子は言った。

彼は今、魔法学校の二年生なのだという。

僕は少し驚いた。

「え？　帰還って……歩いて戻ればいいのに」

大した魔法じゃないと思っていた。

森の奥深くで命を狙われ、逃げ道を封じられるまでは。

帰還の魔法

僕の師匠は動物と会話できる。

師匠の膝の上では犬のルクが眠っていた。

「はあ。キミを追ってここまで来たそうだよ」

僕はルクを遠い星に置いてきた。

仲間に囲まれて幸せに暮らすことを願って。

「そんな。なぜ……」

師匠は答えた。

「この子の仲間はたくさんいる。

だが、この子の家族はキミだけだからだ」

唯一無二

「人樹が死ぬ時は種だけが残るんです」

人樹の少女はそう語った。
人間を燃やすと骨が残るが、
人樹を燃やすと火にも耐える硬い種が残るらしい。
人樹の住む森が燃えたと聞いた時、
僕は息を切らして走った。
彼女に一目会いたくて。
火事から一週間後。
彼女と夢を語り合った場所には、小さな双葉が出ていた。

双葉

師匠は表情を変えない。
だから僕を嫌っているのか気に入っているのかさえ、
別れ際まで分からなかった。
「この町にいると気が滅入るだろう。
また旅をするといい」
師匠にそう促され、僕は犬のルクと魔法使いの館を出た。
駅に向かって歩き始めると、背後からかすかに、
旅人に幸運を授ける呪文が聞こえた。

7 ✴ 天使の星

清く正しい人ばかりが暮らす星

列車が天使の星に到着した。

駅は孤島にあり、人々が暮らす島までは船で行くらしい。

海の向こうに白い島が見える。

島にある建物はどれも真っ白だ。

駅員は言う。

「ここは清く正しい人々が暮らす星です」

素敵な場所だね、と僕が頷くと、駅員は眉を曇らせた。

「清く正しい人にとっては、そうだと思います」

この星で暮らす人は嘘をつかない。

疑わない。怒らない。

道行く人も、店員も、
タクシーの運転手も、皆一様に優しい。

やはり素敵な場所じゃないか。

夜、僕は海に近い宿に泊まった。

「あの、鍵は？」

なぜか宿のどの部屋にも鍵がついていない。

従業員は答えた。

「鍵でございますか。何に使うのでしょう？」

防犯

清く正しい人々が住む天使の星では、玄関の扉に鍵をかける習慣がない。
銀行も開けっぱなしだ。
「強盗が入ったらどうするの」
僕は宿の従業員に尋ねた。
「許しましょう。
強盗をしなければいけないほど貧しい人だったのでしょう」
肌寒い深夜。
清く正しくなりきれない僕は、
鍵のない部屋で不安に駆られた。

全て正しいということ

天使の星という惑星がある。
どんな悪行でも許す人々が暮らす星だそうだ。
詐欺や盗みのせいで追われる身になった俺も、
天使の星でなら社会に馴染めるかもしれない。
そして俺は天使の星に移住した。
だが何年経っても俺は孤独だった。
俺は不満を分かち合うことでしか、
人と絆を結ぶことができないらしい。

普通の人

両親が死んだ。
俺は生まれ育った天使の星から、
遠い星に住むじいちゃんの家に引っ越すことになった。
俺を一度も責めたことのない両親と違い、
じいちゃんは軍隊出身で厳しい人だ。
ある夜、俺は「じいちゃん料理下手だね」と正直に言った。
じいちゃんは自慢の拳を突き上げて、
優しく優しく俺をこづいた。

こづかれても嬉しいのは

天使の星に雪が降った。

どこを見ても真っ白な町に、
さらに白い雪が積もっている。

僕は噴水広場に行き、犬のルクと雪遊びをした。

「子どもは元気だな」

広場のベンチで休んでいたおじさんは言った。

「大人は雪で遊ばないの？」

僕が聞くとおじさんは身を震わせた。

「そうしたいが身体がついていかんのだ」

私は過ちを犯したのだろうか。
病院で新聞を読みながら項垂(うなだ)れた。
半年前、脳の損傷が大きかった少年を、
医者として必死の思いで治療した。
彼は回復したが後遺症が残った。
新聞に掲載された殺人事件に関する記事に目を落とす。
私の手術を受けた後、彼は人を殺すことが
楽しいと思うようになってしまった。

致命的な後遺症

悲しみだけが消えない

賑やかな噴水広場で暗い顔をしている青年がいた。

犬のルクは彼を元気付けようとおどけた芸を見せた。

だが彼はくすりともしない。

「お兄さん、犬は苦手?」

僕の質問に彼は力なく答えた。

「前は好きやったで……」

彼は家族を殺され、悲しみ以外の感情を失っているらしい。

ルクは気まずそうに戻ってきた。

「俺な、こう見えて前は多趣味やってん……」

悲惨な過去のせいで悲しみ以外の感情を失った青年は言った。

僕は彼に提案した。

「昔好きだったことをまたやるのはどう？」

昔の彼はよく料理をしたらしい。

死んだ弟が好きだったという
チキンソテーを作りながら彼は泣いた。

「なあ。悲しみが深まったで……」

家族を殺され、俺の心は壊れてしまった。
療養のため他の星に来たものの、
昔のようには生きられない。
誰と会っても、何を食べても、どこを旅しても、
悲しいとしか思えないのだ。
「にいちゃん、生きて」
それが弟の最期の言葉だった。
弟との約束を守り、
俺は死ぬまで悲しみに包まれて生きるべきだろうか。

不幸の約束

天使の星には『救いの姫』という伝説がある。
かつて貧しさゆえ盗みを働いた
多くの星民（こくみん）が牢に繋がれていた。
当時の姫は民草を憐れみ、囚人達を密かに逃した。
後に罪に問われた姫は、実は天使だったそうだ。
救い出された囚人達がよく働き星が発展したことで、
この星では罪さえも許すことが美徳になった。

救いの姫

「この星、退屈だな」
少年は言った。
柄に穴の空いたナイフを指先で回しながら。
確かにこの星は変だ。
全ての行為が善とされ、警察署も刑務所もない。
彼は続けた。
「この星では悲鳴が上がらない。皆、微笑んでるんだ。
殺されかけても」
少年と別れてから疑問を抱いた。
彼はなぜそれを知っているのだろう。

悲鳴が上がらない星

教会の隅から啜り泣く声が聞こえた。

泣いていたのは痣だらけの少年だった。

皆が正しく生きる天使の星で、人の涙を見たのは初めてだ。

「ねえ、大丈夫……」

少年は僕の言葉を遮って言った。

「だ、誰も悪くない。おいらは全然痛くない」

周りの大人が少年の涙に困惑している様が、
僕はとても恐ろしかった。

おいらが暮らす天使の星は、清く正しい人が暮らす星だ。
だから転校生に殴られた時は驚いた。
その子は先月まで星外（こくがい）に住んでいたらしい。
転校生は怯えたように「怒れよ。痛いだろ」と言った。
誰も転校生を責めなかったし、おいらも笑って許した。
天使の星で暮らす人は、誰もが皆、清く正しいはずだから。

天使の星の風習

「おいら、優しい人になりたいんだ」
痣だらけの少年は言った。
彼は同級生から殴られるたび、
ただ笑って許しているそうだ。
「優しい人はなんでも許すんだって、
お母ちゃんも、先生も……」
僕は叫んだ。
「そんなのは優しさじゃない。君は我慢することで、
自分の心に暴力を振るい続けているじゃないか！」

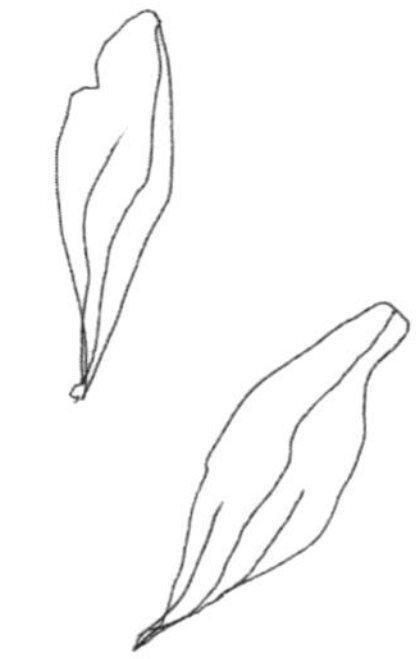

優しい人

天使の星の星民(こくみん)は、
人のやることは全て善だと考えている。
だから誰も疑わないし恨まない。
万が一にも人を恨んでしまいそうになった時は、
大教会にある天使の像を見て心を静めるらしい。
僕は持っていた剣で天使の像を真っ二つにした。
殴られても相手を怒れない子どもが、
やめてよと大声で叫べるように。

天使の過ち

教会にいる大人達は困惑していた。
この星にとって大切な像を僕が壊したからだ。
「なんということをしてくれたんだ」
神父は震えた声で言った。僕の方をじっと見ながら。
僕はそれを聞いて安心した。
殴られても笑って許す文化を持つ人の中にも、
ものを壊されて怒る、
人間らしい心が残っているじゃないか。

人の心

人を助けるために人の大切なものを壊した。
これを救済と呼べるか僕には決められない。
「誰かを助けることは、誰かを助けないことでもあるね」
僕はすぐ側を歩く犬のルクに語りかけた。
ルクは相槌を打つように鼻を鳴らす。
旅の手記を頼りに進むと、山の向こうに灯台が見えた。
僕が探していた場所だった。

天使の星の灯台

愛とはきっと、僕の想像以上に複雑なものなのだろう。

「お父さんみたいになっちゃダメ。

人に優しく、真面目に生きなさい」

母さんは事あるごとに僕にそう言っていた。

「あなたのお父さんは昔からバカなことばっかりして……」

「じゃあなんで結婚したの？」

僕の質問に、母さんはただ黙って微笑んでいた。

父さんが遺した宝は、
永遠に回り続ける天球儀だった。
添えられていた手紙にはこう書かれていた。
『これに祈れば、一度だけ自分以外の誰かの願いを叶えられる。
お前が、この宝を手にして喜ぶような人間になっていることを願うぜ』
手紙を読んだ僕の頭には、
旅の中で出会った人や動物の顔が浮かんでいた。

多くの人の中から一人を選ぶ時は、
貧乏なおじさんのことを思い出す。
おじさんは五人の子ども達を皆愛していた。
けれど一人を選ぶ必要があった。
限りあるお金を使い、誰を大学に行かせるのか決めるために。
選択に大事なのは妥当性より恨まれる覚悟だ。
選ばれなかった娘はおじさんを死ぬほど恨んでいる。

父さんの旅の手記には
『皆もっとテキトーに生きるべきだな』と書かれている。
昔はその意味がよく分からなかったけれど、
今は少し分かる。
正しさや常識は時に
人を傷つける凶器にもなると知ったからだ。
それでも、と思う。
僕が今こうして元気でいるのは、
真面目な母さんが僕を大切に育ててくれたからだ。

テキトーな父と真面目な母

世界一の不幸とはなんだろうか。
父さんが残した天球儀を抱え、夜空に瞬く星を眺めた。
この天球儀を使えば、
僕が旅の中で出会った、苦しみを背負う人達の中から
一人だけを救える。
朝焼けが空を赤く染めても、
誰が一番不幸なのかは分からなかった。
僕は、僕が一番幸せにしたい人を選ぶことしかできない。

脱獄した死刑囚がまだ捕まっていないらしい。

「その人から殺人衝動を消せないかな。

本人も苦しんでるんじゃない？」

僕は旅先でよく会う黒髪の少年に新聞を見せた。

少年は脱獄囚の記事も読まずに答える。

「余計なお世話。殺すのが楽しいんだよ」

後になって、脱獄囚は少年で、黒髪が特徴なのだと知った。

私は事故のせいで記憶喪失になっていた。

けれどある日急に過去を思い出した。

医者は奇跡だと驚いた。

そんな私のもとへ一人の少年が訪ねてきた。

「娘さんからの遺言を伝えに来たんだ」

少年は娘の友人だという。

「あなたを愛してるって」

娘は事故の前、
私に嫌いと言ったことをずっと悔やんでいたらしい。

奇跡

エピローグ

「全部の感情を消す魔法ってあるんやろうか？」
世界一と噂される魔法使いに聞いた。
心の壊れた俺は何をしても悲しいとしか思えない。
けれど悲しいと思うこともなくなれば楽になれるかもしれない。
魔法使いは答えた。
「はあ、あるにはあるけど。でも心を失ったまま生きるのは
死んでいるのと大差ないよ」

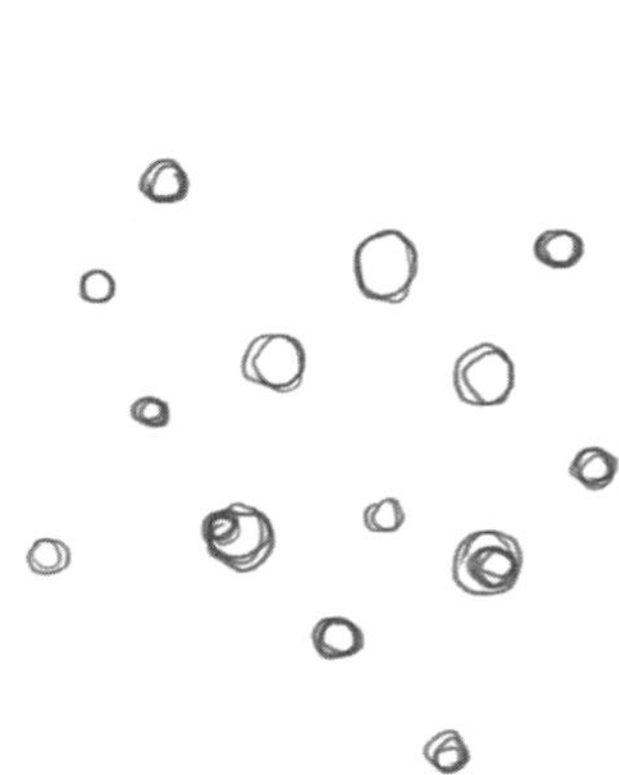

医者になるという夢を断たれた少女がいた。

かつて彼女は僕に赤いリボンを手渡して言った。

「あたしが死んだら、このリボンを病院の庭に埋めて」

僕は嫌だと言ったが彼女は引かなかった。

「病院で働きたかったな……」

人を生かしているのは心臓ではなく、夢なのかもしれない。

僕は病院の庭に穴を掘った。

赤いリボン

親の心子知らず

合理的なＡＩに失敗作と判断され、ロボットの僕は鉄くずの山に捨てられた。

僕を拾い上げたのはＡＩを作り上げたという博士だった。

博士は僕に聞いた。

「君はなぜ捨てられたんだい？」

「人間もロボットも自由に生きるべきだと僕が言ったから」

博士は僕を抱きしめて泣いた。

「いい考えだ。私もそう思う」

ライオンの俺様には友達がいない。
俺様は他の動物に近づいただけで
寿命を吸い取ってしまうからだ。
だがある年、人間の友達ができた。
そいつは首を切っても死なない、不死の呪いをかけられていた。
「呪いをかけられてよかった。君と友達になれた」
友達は側にいてくれた。
俺様が寿命を迎えるまでずっと。

寿命のない友達

夫は裏社会の人間だ。
仲間の一人が銃で撃たれたなんて話もよく聞く。
冷徹だった夫は私との間に息子が生まれてから少し変わった。
「子どもが安心して暮らせる星にならないと」
それが最近の口癖だ。
そしてある日、夫は願いを叶えた。
願いが叶ったからこそ、裏社会で生きていた夫にはもう会えなくなった。

クリーンな社会

旅に出ていた友人から手紙をもらった。
オレの病気を治す魔法はなかったが、
どんな願いでも叶える宝を見つけたらしい。
それは持ち主以外の誰かの願いを叶えるために、
一度だけ使えるそうだ。
太陽の下に出たオレは病気のせいで倒れた。
本当に治ってないんだな。
友人はもう、宝の力を使ったそうだけれど。

ある家の前に人だかりができていた。
記者の集まりのようで、皆が取材道具を持っている。
その中の一人が
「歌姫が心の病気というのは本当ですか！　原因は⁉」
と言いながら玄関の扉を何度も叩いていた。
家の周囲はうるさくなる一方だった。
病気の時はそっとしておくべきだと、
誰もが知っているはずなのに。

娘と離れて暮らしていた私は、娘が死んだことも知らなかった。

娘は私に遺言を残していた。

ただ一言「愛している」と。

遺言を伝えに来た少年は、
多大な犠牲を払ってここに辿り着いたらしい。

「娘の気持ちくらい言われなくても分かってた。母親だもの」

私がそう言うと、少年は笑った。

「そうだと思った」

言葉にすること

真面目で誠実な母さんと、
家族を捨てて冒険の旅に出た父さん。
その間に生まれたのが僕だ。
僕の目の前には二つの道があるのだと思っていた。
母さんのように生きるか。
あるいは父さんのように生きるか。
長い旅を終えた今、二つの道の間を進み始めた。
母さんの愛と教えを胸に、父さんのような旅を夢見て。

二人の間に

俺は父親になんか向いてない。
宝を探して旅をするのが生き甲斐で、
夢を見て無茶ばかりしている。
腕に抱いた息子に、金も、愛も、何もあげられない。
そんな俺が死に際に手記を書いているのは、
やはり親だからだろうか。
宝のありかを綴った。
貧しく孤独になるであろう息子に、夢だけはあげられるように。

おわりに

本書を最後までお読みくださり、ありがとうございました。

『真夜中のウラノメトリア』では、主人公の少年が旅の果てに、ある重大な選択を行います。

いくつもある選択肢の中から何を選ぶべきか。それは人によって異なるはずです。

冒険の物語を読み終えたら、自分は何を選ぶか（あるいは選ばないか）ぜひ想像してみてください。

この本を読んだ人と感想をシェアするのも面白いでしょう。自分とは価値観が大きく異なることに気づくきっかけになるかもしれません。

SNS上に感想を投稿する場合は、ぜひ次のどちらかのハッシュタグをつけていただけると嬉しいです。

#真夜中のウラノメトリア

#まよウラ

皆さんがどんなことを感じたか知りたいので、著者の私も積極的に感想を見つけにいきます。

第一作目の『最後は会ってさよならをしよう』の出版から二年経ち、140字の物語をさらに発展させた形で新しい本を出せたことをあらためて嬉しく思います。

今後も活字、動画と、さまざまな形で物語をお届けしたいと考えておりますので、これからもどうぞよろしくお願いします。

2023年3月2日　神田　澪

20

著　者　神田 澪

発行者　山下 直久

発　行　株式会社KADOKA
〒102-8177　東京都千代田
電話　0570-002-301（ナビダイヤ

印刷所　大日本印刷株式会社

●お問い合わせ
https://www.kadokawa.co.jp/（「お問い合わせ」へお進みください）
※内容によっては、お答えできない場合があります。
※サポートは日本国内のみとさせていただきます。
※Japanese text only

定価はカバーに表示してあります。

ISBN 978-4-04-112523-6　C0093